라비돌
la vie d'or

라비돌 7

la vie d'or

고광(高光) 현대 판타지 장편소설

초판 1쇄 찍은 날 | 2019년 3월 11일
초판 1쇄 펴낸 날 | 2019년 3월 18일

지은이 | 고광(高光)
펴낸이 | 예경원

기획 | 위시북스
편집책임 | 이규재
편집 | 위시북스

펴낸곳 | 예원북스
등록번호 | 제396-2012-000132호
등록일자 | 2012. 7. 25
KFN | 제1-380호

주소 | 경기도 고양시 일산동구 호수로 646-24 위너스21॥빌딩 206A호 (우)10401
전화 | 031-819-9431 팩스 | 031-817-9432
E-mail | yewonbooks@naver.com

ISBN 979-11-6424-178-1 04810
       979-11-89450-37-3 (set)

7

라비돌
la vie d´or

고광(高光) 현대 판타지 장편소설

WISHBOOKS GAME FANTASY STORY

Wish Books

CONTENTS

- 1장 -
몰이사냥

"그, 그럼 김대남 검사께 다시 묻겠습니다. 윗분들의 태도가 어떻다고 보십니까……?"

"문제가 많습니다."

"……!"

대남의 발언으로 인해 장내가 삽시간에 경악으로 물들었다. 진행자는 눈에 보일 정도로 식은땀을 흘리고 있었고 정면 카메라는 하염없이 대남을 담아내고 있었다.

정신을 차린 진행자가 주위의 눈치를 살피고는 곧장 목소리를 높였다.

"김대남 검사께서는 농담도 참으로 심하신 것 같습니다."

"농담이 아닙니다."

"……!"

진행자가 또 한 번 넋이 나간 가운데, 대남은 낮고도 담담한 목소리로 말을 이었다.

"현재 전직 대통령들의 비자금이 수천억 원대인 것으로 드러나고 있는 실정입니다. 현 대통령의 특별법 시행으로 과거 정권에 대한 비리가 조금씩 청산되고 있다고는 하지만 국민들의 화는 식지 않고 있습니다. 그 이유는 당연히 아시겠지요. 하루가 멀다 하고 터져 나오는 권력가들의 비리, 그리고 국민들이 믿고 의지해야 할 검찰과 사법부의 부정부패, 도대체 얼마나 곪고 터져야 한단 말입니까!"

대남의 말에 세트장 한편에 서 있던 PD는 입을 쩌억 하고 벌렸다. 일전의 일로 웬만한 폭탄 발언에도 놀라지 않을 자신이 있었지만 그것은 헛된 생각이었을 뿐이었다.

카메라 감독은 손에 진땀을 맺힌 채로 대남의 모습을 하나도 빠짐없이 담아내고 있었다. 대남은 도리어 진행자를 바라보며 되물었다.

"진행자께서는 이번 서부지검의 특별 내사가 어떻게 되리라고 보십니까?"

"제, 제 생각을 물으신다면야. 아무래도 서부지검 특별 내사 팀이 일을 잘한다는 건 이미 각종 언론 보도로 인해 기정사실화된 것은 물론이고, 특임 검사로 김대남 검사가 떡하니 버티고 있으니 검찰 개혁이라는 말이 턱 어울릴 정도로 잘 마무리

되지 않을까 생각하고 있습니다."

"검찰 개혁이라."

대남은 진행자의 입에서 흘러나온 '검찰 개혁'이라는 단어를 곱씹으며 고개를 주억거렸다. 진행자는 황급히 주제를 돌리기 위해 마이크를 잡았다.

"자, 들리는 말로는 김대남 검사께서 부장검사 승진을 권유받았다고 하는데 사실입니까? 사실이라면 검찰 역사상 전무후무한 파격적인 승진일 텐데요?"

항간에 들려오는 소문이 사실인지 확인하려는 진행자의 눈빛에는 궁금증이 가득했다. PD라고 별반 다르지 않았다. 만약 소문이 사실이라면 검찰 역사상 최연소 부장검사가 탄생하는 것이나 다름없었기 때문이다.

대남은 그들의 기대에 부응하려는 듯 짧게 고개를 끄덕이며 말했다.

"권유를 받은 것은 사실입니다. 그러나."

이어지는 뒷말에 진행자의 얼굴에 의문이 떠올랐다.

"부정당했습니다."

"부정이라고요……?"

"경력이 일천하다는 이유와 막내 기수가 한 번에 부장을 달 수 없다는 현직 지검 내 여론에 부딪혔습니다. 검사장님 또한 조직원들의 의중을 모르는 것이 아니기에 강경하게 밀어붙일 수는 없는 노릇이었습니다."

"아쉬우시겠습니다."

진행자는 진심으로 아쉽다는 듯이 입맛을 다셨다. 하나 대남은 도리어 그 모습에 알 수 없다는 듯이 고개를 저어 보이며 말했다.

"왜 아쉬워야 합니까, 아직 포기하지 않았는데."

"……!"

대남의 발언에 진행자는 또다시 놀랄 수밖에 없었다. 한편으론 김대남이라는 젊은 검사가 기존의 엄격한 규율을 깨부수고 서부지검 수뇌부에 들어서는 것도 기대가 되는 참이었다. 진행자는 대남의 당당한 시선을 바라보며 또 다른 주제를 물었다.

"김대남 검사께서는 특별 내사를 진행하면서 무수히도 많은 동료 검사를 구속기소 했는데 이와 관련해서 쏟아지는 외부 의견들은 어떻게 생각하십니까? 항간에 떠도는 소문으로는 법조계에선 김대남 검사의 행동을 상당히 마음에 안 들어 한다고 들었습니다만…… 특히 조창현 전 대법관을 구속수사한 것에 대해선 상당히 많은 말이 오가는 것으로 알고 있습니다."

"법조계는 결속력이 강한 집단이고 우습게도 선민사상이 지배적인 곳입니다. 법률이라는 테두리 안에서 자신들의 잘잘못을 따지기는커녕 그것들을 숨기는 데 바쁜 이들이지요. 검찰청 형사부는 법조계 내에서도 '지게꾼 검사'라 불리는데, 왜 인지 아십니까?"

"지게꾼 검사라고요……?"

"경찰에서 송치된 사건을 법원에 전달하는 임무를 하며 속된 말로 '일만 한다'는 인식이 강한 부서이기 때문이죠. 과도한 업무를 비롯해서 극심한 스트레스에 시달리는 곳이지만 특수·공안·기획수사부서에 비해 검찰 내 힘이 발휘되지 않는 곳이기도 합니다. 괜히 평검사들의 무덤이라 불리는 게 아니지요. 법조계 입장에선 현재 지게꾼 검사 중에서도 말단 지게꾼인 제가 고귀한 저들을 향해 칼끝을 들이민 꼴이나 다름없을 겁니다."

"허."

검찰청 관계자가 아니라면 잘 알지 못하는 형사부의 속사정을 대남의 입을 통해서 듣게 되자 진행자는 나지막이 탄식을 터뜨렸다.

대남은 거기서 멈추지 않고 계속해서 말을 이어나갔다.

"법조계에는 이런 은어가 있습니다. 일도이부삼빽(一逃二否三 Back)이라고 말이죠. 일단 도망가고, 잡히면 부인해라. 그리고 마지막으로 인맥이나 권력을 사용해라. 여러분도 뉴스에서 많이들 봐오셨던 상황들일 겁니다."

"많이 봐왔다니요?"

"재벌총수나 권력가들의 사건을 돌이켜보십시오. 재벌총수나 권력가들은 최대한 검찰 조사를 미루다 결국에는 부인을 하지요. 시간이 흘러 국민들의 관심이 식어가면 저들의 힘을 이용해 마치 아무 일도 없었다는 듯이 풀려나게 됩니다. 아이러니하게도 국민들 또한 이러한 상황에 익숙한 상황이고 말이죠."

대남의 말에 장내는 침묵에 빠져들 수밖에 없었다. PD 또한 대남이 어떠한 결심으로 이 자리에 섰는지 모르지 않았다. 이 시대의 검사가 있다면 바로 눈앞의 저 젊은 청년일 것이라고 확신할 수가 있었다. 대남은 진행자를 향해 말했다.

"조금 전 진행자님이 저한테 그러셨죠, 검찰 개혁이 이루어질 것 같다고."

"……네, 그렇게 말했습니다."

"서부지검 특별 내사는 현재까지 많은 검찰 관계자들을 구속기소 했습니다. 그중에는 권력가로 불리는 인물도 있었고요. 아직까지 법정의 판결이 내려지지 않은 상태이지만 국민들께서는 관심의 끈을 끝까지 놓지 말아주셨으면 좋겠습니다. 제가 일도이부삼뺵이라 말하지 않았습니까, 국민들의 관심이 멀어지면 그들은 또다시 풀려나게 마련입니다. 결론적으로 제가 오늘 '시사 쟁점 토론'에 나온 이유는 단 하나입니다."

대남은 짐짓 뜸을 들이고는 장내를 천천히 훑어보았다.

진행자를 시작으로 방청석에 자리한 방청객들, 그리고 세트장을 둘러싼 스태프들의 시선이 하나도 빠짐없이 자신을 향하고 있는 것을 느낄 수가 있었다.

"저는 서부지검 특별 내사의 진행 과정을 국민들과 함께 공유하기 위해 이 자리에 섰습니다. 현재 각종 언론을 통해 특별 내사의 모습을 비치고 응원의 목소리가 높아지고 있지만 저는 이것으로 만족할 생각이 없습니다. 왜냐하면."

모두가 집중한 가운데, 카메라 감독이 대남의 얼굴을 줌인했다. 대남은 담담하고도 날카로운 어조로 나직이 말했다.

"부정부패가 아직 남아 있기 때문입니다."

'시사 쟁점 토론'을 통해 밝혀진 대남의 폭로 아닌 폭로 덕분에 서부지검은 마치 가시밭길을 걷는 듯 한층 더 날카로워져 있었다.

대남은 부장검사직을 내기에 걸고 3개월 이내에 부정부패와 관련된 인물을 찾아내겠다고 공언했었다.

그런 대남이 지난밤 생방송 법률 프로그램에 나가 말하는 모습은 마치 지검 내에 남아 있는 부정부패 세력을 온 힘을 다해 잡겠노라고 외치는 것과 같았다.

"김 검사, 오늘 아침에만 해도 금융전담부서 검찰 직원 중

두 명이나 자수해 왔다고."

민 검사는 대남을 바라보며 믿기지 않는다는 말투로 말하였다. 이전의 비리와는 다르게 높은 죄질은 아니었지만, 뇌물을 먹은 사실을 검찰 관계자가 자수하는 경우는 거의 없다시피 했기 때문이다.

"정상 참작해서 처리하시면 될 듯합니다."

"김 검사는 마치 이리될 줄 알았다는 눈치야. 사실 어제 방송 보고 있는데 조마조마하더라고, 계속해서 폭탄 발언이 터져 나오니 말이지. 그런데 지금 지검 내에 무슨 말이 떠도는지 알고 있나?"

"……?"

민 검사는 짐짓 눈을 가늘게 떠 보이고는 말했다.

"차라리 김대남 검사를 부장검사로 만들어주자는 말들이 돈다네. 아무래도 어제 방송을 기점으로 옥죄어오는 포위망에 숨 쉴 여유가 없어진 것이겠지. 다른 부서 사람들은 형사부 쪽으로는 얼씬도 하지 않는다고 하더라고."

민 검사는 평소 타 부서 직원들이 형사부를 무시하는 행위가 마음에 들지 않았는데 이번 기회에 입지를 확실히 다질 수 있게 된 것에 만족하는 눈치였다.

"저는 검사장님을 뵙고 오겠습니다."

"검사장님을 갑자기 왜? 설마 어제 방송 때문인가?"

민 검사는 그제야 대남이 어제 줄줄이 내뱉었던 폭탄 발언들이 다시 떠올랐는지 얼굴이 시퍼렇게 상기되었다. 하지만 대남은 그러한 민 검사의 우려 섞인 물음에도 옅은 미소만을 지어 보인 채 걸음을 옮겼다.

똑똑-

애먼 노크 소리가 끝나기도 전에 집무실의 문이 열리고 대남은 두 명의 인영을 확인할 수가 있었다.

상석에는 자신이 알고 있는 김명길 검사장이, 그리고 한편에는 정체를 알 수 없는 중년인이 앉아 있었다.

"자네가 그 김대남 검사인가?"

중년인의 물음에 대남이 천천히 고개를 숙여 보였다. 차갑게 얼어붙은 실내의 공기를 깨뜨린 것은 다름 아닌 검사장이었다.

"인사들 하게, 이쪽은 우리 지검의 특임 검사 김대남 검사이고 이쪽은 중앙지검 특수 1차장 이명학 검사일세."

'이명학, 특수통.'

통(通)이라는 단어는 어떠한 분야에 정통한 사람을 일컫는 말이었고 검찰에선 수사와 기획, 공안 등 특정 분야에 오랫동안 근무하며 잔뼈가 굵은 전문가급 검사를 일컫는 별칭이었다.

이명학 검사는 이미 검사들 사이에선 유명한 인물이었다. 특수통이라는 이름과 더불어 차기 서울 중앙지검장에 유력한 인물이었기 때문이다. 대남 또한 실물로 보는 것은 이번이 처음이었다.

"총장님도 자네에게 관심이 많으시더군, 더불어 서부지검에서 일어나는 특별 내사에 관해서는 중앙지검에서도 말들이 많아. 형사부 평검사 하나가 윗선들을 다 잡아내고 있다니, 말도 되지 않는 영화 같은 이야기지 않은가. 나도 어제 방송을 보고 놀랐어. 자네가 미친 게 아닌가 하고 말이지. 일도이부삼빽이라, 그러한 은어를 사용해가며 법조계를 폄하해도 자네가 괜찮을 것 같나?"

"있는 사실을 말했을 뿐입니다."

"검사장님께서 부장검사직을 주려 했다기에 얼마나 난 놈인가 싶었는데, 이거 미친놈 중의 미친놈이었구만그래. 자네 말마따나 현재 구속기소된 특별 내사 관련 인물들이 향후 풀려나게 된다면 누굴 먼저 찾을 거 같나. 다름 아닌 자네일 테지, 무섭지도 않나? 그들의 힘이."

"검사가 범법자를 두려워해서야 쓰겠습니까? 또한 보복이 무서워 피한다면 대한민국 전체가 썩은 내로 진동하게 될 것입니다."

이명학은 혀를 차다 상석에 앉은 검사장을 바라보며 말했다.

"형님, 저런 미친놈이 뭐가 좋다고 검찰 생활 마지막 가는 길까지 껴안으려 드십니까."

"김 검사, 이명학 차장의 말에 동의하나?"

"물불 가리지 않고 범법자를 잡는 게 미친놈이라면, 미친놈이겠지요."

"허, 미친놈 맞구먼, 맞어."

허탈한 듯 말하는 이명학의 표정에는 미소가 떠오르고 있었다. 이명학은 대남을 바라보며 말했다.

"거기 미친놈, 나랑 일 하나 같이 하자."

- 2장 -
특수부의 미치광이(1)

이명학의 말에 대남이 고개를 들었다.

"저 말입니까?"

대남을 바라보는 이명학의 눈동자는 그 어느 때보다도 흥미로워 보였다. 반면 대남의 표정은 여전히 심드렁한 표정이었다.

특수통 앞에서도 전혀 기죽지 않는 당당한 모습에 이명학은 마치 재미난 장난감을 바라보듯 눈꼬리를 휘어 보였다.

"왜 내 밑에서 일하기 싫나?"

"싫습니다."

"허."

자신의 앞에서 이처럼 단호히 말하는 대남의 모습에 이명학은 탄식 아닌 탄식을 터뜨렸다.

검사장은 그 광경을 흥미롭게 바라보고 있었다. 검찰총장

앞에서도 자신의 의견을 피력했던 대남이었다. 이번엔 과연 어떠한 모습으로 일관할지 기대되는 가운데, 이명학이 서서히 입을 열었다.

"검찰 특수부에 대해서 어떻게 생각하나?"

이명학의 물음에 대남은 한 치의 고민도 없이 입을 열었다.

"목줄 없는 개라고 생각합니다."

"……!"

대남의 대답에 놀란 것은 다름 아닌 검사장이었다. 특수부 차장검사 앞에서 할 만한 대답은 아니었기 때문이다. 도대체 무슨 생각일까, 검사장이 대남의 눈동자를 들여다보았지만 깊은 호수를 투영하듯 그 속내가 쉽사리 드러나지 않고 있었다.

"목줄 없는 개라……. 그리 생각하는 이유는?"

"일반 검찰에서 다루기 힘든 정치적 사건과 거대 기업이 관련된 사건들을 수사하는 등 성역 없는 수사를 펼치는 것처럼 보이지만 실상은 상부의 명을 하달받아 움직이는 것이나 다름없지 않습니까. 더군다나 중앙지검 특수부는 수도(首都)를 관할하지만 대검 중수부에 밀려 그 의미가 더욱 퇴색된 곳이기도 하지요. 목줄 없이 자유로워 보이지만 그 어느 곳보다도 상부의 명을 잘 받드는 곳이 아닙니까."

"과연 미친놈답게 명쾌한 해석이야."

이명학은 꽤 호쾌하게 웃어 보였다. 특수통 입장에서야 다소 불편했을 만한 대답이었지만 이명학의 눈동자는 오히려 호기심이 가득 들어차고 있었다.

도대체 이런 놈이 어디에 숨어 있다가 갑작스럽게 튀어나온 것인가 하고 말이다.

"그럼 하나만 더 묻지, 서울 중앙지검 특수부의 위상이 높아지려면 어떻게 해야 되겠나? 서부지검 특별 내사팀처럼 세상에 비리를 까발려 뒤집어엎기라도 해야 한다는 말처럼 들리는데 말이지."

"그렇게 한다고 해서 특수부의 이름값이 높아지지는 않을 것입니다."

"그렇다면?"

대남은 이명학의 눈동자를 직시하며 나직이 말했다.

"절대 일인자가 될 수 없는 이인자가 일인자가 되려면 단 한 가지 방법밖에 더 있겠습니까. 중수부가 추락의 길을 걷게 되면 되는 것입니다. 대검 중수부가 없어지게 된다면 특수부에 검찰 권력이 밀집되게 될 테고 자연히 어깨가 무거워짐은 물론, 명실상부 특수부가 검찰의 꽃임을 확인할 수 있는 계기가 되겠지요."

"……!"

뜻밖의 대답에 이명학은 눈을 부릅떴다. 특수부의 위상을 높이기 위해, 중수부의 폐지를 거론하다니 전혀 예상치 못한 획기적인 사고였다. 그래서였을까, 이명학의 마음속엔 이미 대남이 확고히 들어차고 있었다.

"자네가 방송에서 말했지. 언제까지 이 대한민국이 곪고 곪아 터져야 하냐고 말이야. 아직도 세상이 곪아 있다고 생각하나?"

"그렇습니다."

"그럼, 대한민국을 청소해야 하지 않겠나."

이명학은 대남을 향해 자세를 앞당기고는 말했다.

"조창현, 조필우를 시작으로 특별 내사와 얽힌 인물들에 관한 깡치 사건을 쉽게 풀어나갈 수 있도록 돕겠네. 총장님이 힘을 실어준다고 한들 임기가 얼마 남지 않은 탓에 뒷심이 부족할 수 있지 않나. 부족한 부분은 차기 중앙지검장인 내가 밀어주도록 하지."

깡치 사건이란 사실관계가 지나치게 복잡하고 어려운 사건을 가리키는 법조계 은어이다. 이명학은 계속해서 말을 이었다.

"만약 이번 사건을 제대로 해결하지 못한다면 자네의 인생에서 아킬레스건이 될 만한 일들이 아닌가, 후환을 남겨두어서는 아니 되지. 아무리 미친놈이라고 해도 그건 무서울 테니 말이야. 조창현, 조필우를 완전히 사장시켜 주지."

"무슨 일이기에, 저한테 그런 제안을 하시는 겁니까?"

"아아, 그건 자네가 수락하면 말해주겠네. 혹여나 도망칠까 싶어서 말이야."

등가교환(等價交換). 특수통 이명학이 자신을 도와준다는 것은 그만큼 대남을 이용하겠다는 말과 같았다.

도대체 무슨 일을 처리하려는 건지는 모르겠으나, 대남은 이명학이 말한 제안보다 특수부에서 벌어지는 일 자체에 관심이 기울어졌다.

"판단은 제가 합니다, 말씀해 보시죠."

"왜, 쉽사리 결정하지 못하겠나? 아니면 혹 내가 무서운 건가?"

"무서운 건 차장님이지 않습니까, 그러니 저에게 제안하시는 걸 테죠."

대남의 대답에 이명학이 크게 미소 지으며 검사장을 바라봤다.

"형님, 이 미친놈 제가 잠시 빌리겠습니다."

특수통 이명학은 자신과 함께 걸음을 옮기고 있는 대남을 바라보며 여러 가지 생각을 거듭할 수밖에 없었다.

현재의 서울 중앙지검 특수부에는 이렇다 할 인물이 없었다. 난다 긴다 하는 검사들은 죄다 중수부에 소속되어 있을 뿐만 아니라, 업무적 능률이 뛰어나기보다 집안이 좋고 처세

와 줄서기를 잘하는 이들이 전부였다.

그러던 중 눈에 들어온 것이 김대남이라는 젊은 지게꾼 검사였다.

"어이, 미친놈. 내가 널 중앙지검까지 데리고 가는데 이상하지도 않나. 맡길 업무에 대한 이야기였다면 조금 전 검사장실에서도 충분히 할 수 있었을 거라 생각할 텐데 말이야."

"아마 중앙지검에서밖에 할 수 없는 이야기겠지요."

"허."

이명학은 차를 타고 이동하는 와중에도 대남의 여유로움에 감탄을 터뜨릴 수밖에 없었다. 아랫사람과 함께 움직이고 있다는 느낌보단 오히려 윗사람과 함께 있다는 느낌을 받을 지경이었다. 이명학은 짐짓 뜸을 들이다 물었다.

"현재 정치권에서 가장 이슈인 인물이 누구라고 생각하나?"

"담록그룹의 제일선 회장이지 않겠습니까."

"정치권의 이슈인 인물이 기업가라, 그 이유는."

"총선과 더불어 앞으로 다가올 대선에서 가장 큰 영향력을 끼칠 인물입니다. 여당 야당 할 것 없이 막대한 대선자금이 필요할 터인데 담록그룹의 머니파워는 대한민국 제일이니 말입니다. 현재와 같이 여야당에서 팽팽한 줄다리기가 계속된다면 그 승패는 담록그룹 제일선 회장의 손에 달렸다 해도 과언이 아니겠죠."

담록그룹은 모기업 담록상회를 시작으로 철강, 모직, 전자, 자동차 여러 분야에 문어발처럼 기업을 확장시킨 자타공인 대한민국 제일의 그룹이었다.

군부정권의 시대가 끝나고 문민정치가 초석을 이룰 즈음 속된 말로 대한민국이 사실 담록공화국이라는 말이 나돌 정도였으니 말이다.

그룹의 회장 제일선이 가지는 힘은 상상 그 이상이었다.

"검찰이 정치권에 관심을 가지는 이유는 무엇이겠나?"

"검찰은 행정기관의 하나로 검사는 공익(公益)의 대표자로서 검찰사무를 집행하며, 범죄 수사와 공소의 제기·유지가 주요 직무이지만 사실상 정부에 소속된 공무원에 불과합니다. 피라미드식 조직 체계에서 승진을 요하고, 정치권의 싸움에서 줄을 잘 타는 자가 결국 끝까지 살아남는 곳이죠. 검찰 인사권이 그들에게 있으니 어쩔 수 없는 노릇이지만 정권 교체 시기마다 벌어지는 살풀이를 피하려면 어쩔 수 없이 정치권의 눈치를 봐야 하는 입장이지 않습니까."

"역시 제대로 알고 있군. 그런데 하나 틀린 게 있어."

이명학은 대남을 향해 나직이 말했다.

"줄을 잘 타는 자가 끝까지 살아남는 게 아니라 살아남는 자가 줄을 잘 타는 거야, 정치권은 그만큼 하루가 멀다 하고 급변하는 곳이니 말이지."

대화가 끝나갈 즈음 그들이 탄 자동차는 중앙지검에 다다라 있었다.

대남은 차에서 내려 고개를 들어 주위를 둘러보았다. 서부지검과는 확연히 다른 공기가 감도는 서울 중앙지검이었다. 특수부는 중앙지검 내에서도 깊숙한 곳에 자리하고 있었기에 다른 검찰 직원들의 시선이 잘 닿지 않았다.

"일단 자리에 앉게."

특수 2부 차장실에 도착한 대남은 소파에 앉고는 이명학의 말이 시작되기를 기다렸다. 이명학은 잠시 고민하는가 싶더니 상석에 걸터앉으며 말문을 열었다.

"자네를 이곳까지 부른 이유는 자네의 사냥 방법 때문이야. 생방송에 나와 서부지검 전원을 대상으로 으름장을 놓은 것이나 다름없으니 말이지. 형사부 평검사가 지검 전원을 대상으로 수사를 시작한 경우는 내 듣도 보도 못했어. 검찰 생활을 하면서 그만큼 충격적인 장면을 본 적이 없었더랬지. 불과 며칠 전까지만 해도 말이야."

대남이 말없이 듣고만 있자 이명학은 대남을 더욱 똑바로 바라보며 말을 이어나갔다.

"특수부는 자네 말처럼 정치권, 기업 사건에 성역 없는 수사를 표방하지만 그게 말 그대로 쉽지가 않아. 이곳저곳에서 외압이 들어오니 미칠 노릇이지. 그런데 자네 덕분에 판도가 뒤틀려졌어. 이제 외압을 가하던 이들도 혹여나 검찰에 자네 같은 미치광이가 한 명쯤 더 있을 거란 생각에 그 빈도수를 줄이더군. 그런데 애석하게도 특수부에는 자네 같은 이가 없어."

"왜 없습니까? 차장님이 계시잖습니까."

"허."

이명학이 헛웃음을 지어 보였다. 하지만 분명히 기분이 나빠서 짓는 웃음은 아니었다.

"자네 말처럼 나도 미친놈 축에 끼기는 하지만 이래 봬도 특수부의 차장이야. 내가 미치광이 짓거릴 해버리면 특수부의 근간이 뒤흔들리게 되지. 자리가 사람을 만든다고 더 이상 나 혼자만의 주관적인 생각만으로 움직이기에는 이제는 너무 늙어버렸어."

"그럼 절 부르신 이유, 이제 말씀해 주시죠."

"그래."

대남의 물음에 이명학이 짧게 고개를 끄덕이며 말했다.

"바로 나 대신 특수부의 미친놈이 되어달라는 것이지."

이명학은 자리에서 일어나며 대남에게 눈짓했다. 대남도 자리에서 마주 일어났다. 이명학이 가타부타 말을 하지 않고 걸음을 옮기자 대남이 뒤따랐다.

어디를 향해 가는지는 모르겠으나 분명한 건 이곳은 특수부라는 사실이다. 웬만한 사건들은 축에도 끼지 못하는 그런 곳이다.

⚜

계단을 얼마나 내려갔을까, 지하가 이토록 길게 이어져 있다는 사실에 대남은 감탄했다.

"중앙지검은 설계도면으로는 보이지 않는 지하층이 더 있지. 왜인 줄 아나?"

"밖으로 유출되어선 안 되는 사건들 때문이지 않겠습니까."

"그렇지, 과거 공안에서 담당하던 사건들을 비롯해 서울에서 벌어지는 특수부 관련 사건들을 중앙지검에서 자체적으로 해결하기 위해 만든 곳이야. 예나 지금이나 특수부 사람 중에서도 몇몇을 제외하고는 아무도 모르는 비밀스러운 곳이지."

이명학을 뒤따라 내려가는 지하 계단은 음습한 기운이 가득했다. 그의 말마따나 비밀이 많이 내재된 곳답게 바깥과는 공기의 무게부터가 확연히 달랐다.

이명학과 대남은 두꺼운 철제문 앞에 멈추어 섰다.

끼기릭-

두꺼운 철제문이 기괴한 비명을 터뜨리며 열어 젖혀지자 그 안에 응집되어 있던 차디찬 한기가 대남의 볼을 사정없이 스치고 지나갔다.

갑작스레 달라진 온도 탓에 놀랄 만도 하건만 대남의 눈동자는 여전히 흔들림이 없었다. 그 모습에 이명학이 엷은 미소를 지어 보이며 물었다.

"내가 조금 전에 말했지, 특수부의 미친놈이 되어달라고 말이야. 어때, 결정은 내렸나."

"여기까지 온 마당에 무를 수가 있겠습니까."

"과연 미친놈답군."

대남은 이곳이 어디인지 알 것 같았다. 바깥 풍경과 사뭇 다른 분위기에 처음에는 알아보지 못했지만 온몸을 감싸는 한기와 벽면을 가득 메운 각각의 은색 문들은 이곳이 영안실임을 말해주고 있었다.

이명학은 많은 은색 문 중 끄트머리에 있는 것의 철제 손잡이를 잡아당겼다.

"누군지 알겠나?"

철제 테이블 위에 안치된 시신을 향해 이명학이 물었다. 대남은 그 물음에 담담한 어조로 대답했다.

"제일선 회장."

영안실 철제함 속에 있는 시신의 모습에 대남은 침음을 삼킬 수밖에 없었다.

두툼한 볼살과 상반되게 눈 주위는 움푹 패 있었고 검버섯이 보이지 않을 정도로 피부는 창백했다.

브라운관과 시사·경제 일간지에서 자주 보았던 얼굴이었다. 대한민국의 경제 근간을 좌지우지한다는 담록그룹의 회장 제일선. 수의를 입은 그의 모습에 영안실 안에 적막감이 짙게 깔렸다. 침묵을 깨고 먼저 말문을 연 것은 이명학이었다.

"대한민국 제일의 부호가 왜 중앙지검 지하 영안실에 안치되어 있는지 궁금하지 않나?"

"궁금하지 않다면 거짓말이겠죠."

"자네가 먼저 추리해 보게, 제일선 회장이 왜 이곳에 싸늘한 시신이 되어 누워 있는지를."

이명학은 대남이 시험에 들게 하듯 말했다. 어느새 그는 팔짱을 낀 채로 대남을 바라보고 있었다.

대남은 그러한 이명학의 생각을 아는지 모르는지 여전히 시선이 제일선 회장의 창백한 얼굴에 닿아 있었다.

"제일선 회장의 타계 소식은 아직 언론에 일체 보도가 되지 않은 상태입니다. 영안실에 안치된 상태로 보아 하루 이틀 지난 게 아닌데 이런 소식이 알려지지 않았다면 이유는 단 하나밖에 없겠지요."

대남은 고개를 돌려 이명학을 직시하며 단언했다.

"후계 구도."

담록그룹은 수많은 계열사를 거느린 기업답게 후계 구도가 치열했는데 제일선 회장이 아직까지는 회장직을 유지하고 있었기에 그의 자식들이 송곳니를 확연히 드러내지는 않고 있었다.

그럼에도 불구하고 자식들(계열사 사장)의 경영권 확보를 위한 물밑 작업은 정·재계에 소문이 파다했다.

대남은 자신이 한 말에 설명을 이어나가려는 듯 계속해서 말을 이었다.

"제일선 회장이 갑작스럽게 타계를 하게 된 경우 가장 큰 타격을 받을 이들은 다름 아닌 담록그룹의 후계자들입니다. 회장이 자신의 뒤를 이어나갈 후계 체제를 정확히 옹립하지 않은 상태이기에 한마디로 왕좌가 공석이 되었음은 물론이고, 앞으로 불거질 상속권 문제에서 수많은 잡음이 생기는 건 당연하겠죠. 따라서 이러한 잡음들을 최소화하기 위해서라도 제일선 회장의 타계 소식을 숨기는 편이 낫겠다 판단했을 겁니다."

짝짝짝-

이명학은 대남을 향해 박수갈채를 보내왔다.

"역시 지게꾼 자리에만 있기엔 영 아까운 인물이란 말이지, 그러나 이번에도 역시 반은 맞았지만 반은 틀렸네."

이명학은 짐짓 뜸을 들이다 대남 너머로 있는 제일선의 시신을 향해 눈길을 주며 말했다.

"제일선 회장은 타살당했다네."

"……!"

"담록그룹 내에서도 제일선 회장의 타계 사실을 아는 사람은 직계들을 제외하고는 거의 없다시피 하지, 그룹에선 제일선 회장의 사망 이유를 지병과 노화에 뒤따른 합병증 때문이라는데 우리 부검의와 법의학자는 다른 소견을 내놓더군. 그렇다고 어쩔 수 있겠나, 담록공화국의 왕자와 공주들을 함부로 검찰에 부를 수도 없는 노릇이고 말이야."

"시신은 어떻게 양도받아온 것입니까? 그쪽에서 쉽게 내주지는 않았을 텐데요."

대남의 물음에 이명학은 천천히 고개를 끄덕여 보였다.

"물론 쉽지 않았지. 하나 어떻게 알았는지 기자들이 냄새를 맡고 병원 주변에 자리하기 시작하니 그들도 불안한가 보더군. 아버지가 타살되었다는 정황보다 자신들의 왕국인 '담록'의 존폐를 더 끔찍하게 생각하는 이들이었으니 말이야. 그래서 일단 중앙지검 특수부에서 제일선 회장의 시신을 맡기로 했네. 검찰 상부라고 해봐야 담록그룹의 세 치 혓바닥 위에 있으니 그들 입장에서는 비교적 덜 불안하기도 하고 말이야."

담록그룹 내에 벌어지는 치열한 후계 경쟁을 자세히 알 수는 없었지만 한 시대를 풍미했던 제일선 회장의 말년이 차다찬 검찰 지하 영안실이라니, 입맛이 씁쓸했다.

대남이 이러한 생각을 하고 있을 무렵, 이명학이 등을 돌려 보이고는 말했다.

"이제 그만 올라가도록 하지, 손님이 오기로 했으니."

특수부 차장실로 돌아오기까지 이명학은 제일선 회장에 관한 이야기를 함구했다.

아무래도 검찰 깊숙이 자리한 특수부라 할지라도 도처에 사람들의 귀가 자리하기 때문일 것이다.

집무실에 도착해 소파에 몸을 눕히듯 뒤로 기대앉은 이명학이 대남을 바라보며 물었다.

"입이 근질근질할 텐데, 궁금하지도 않나. 과연 누가 그를 죽였는지."

"용의 선상에 오를 만한 이들이야 셀 수도 없이 많지 않겠습니까, 제일선 회장이 이룩했던 부에 단순히 운만 따랐던 것은 아니었을 테고 그 과정에서 수많은 적을 양산해 냈을 테니까요. 궁극적으로는 후계 구도에 머물러 있는 자식들도 용의 선상에서 벗어날 수 없겠죠."

"자네를 보면 정말로 신기하군, 말도 되지 않을 정도로 차분해. 제일선 회장 같은 유명 인사의 시체를 보았으면 백 번 까무러쳤어도 당연할 것인데 말이야. 외려 평범한 살인 사건을 맡은 검사와 별반 다를 게 없어 보이는군."

대남은 이명학의 감탄에 도리어 고개를 저어 보이며 말했다.

"생전 그가 얼마나 대단했건 다 무슨 소용이겠습니까, 이제는 그저 망자일 뿐입니다."

많은 생각을 가지게 하는 말이었다. 이명학의 눈꼬리가 절로 휘어졌다. 자신의 안목이 틀리지 않았음을 확신하고 있는 듯한 모습이었다.

"이제 곧 올 때가 되었군."

이명학은 손목시계를 확인하고 있었다.

"누가 말입니까?"

대남의 물음에 이명학이 손목시계에서 시선을 거두고는 입을 열었다.

"누구긴 누구겠나. 미친놈에 대적할 미친년이지."

서울 중앙지검으로 유려한 자태를 자랑하는 검은색 세단이 도착했다.

몇몇 경호원과 함께 차에서 내린 인물은 짙은 선글라스를 낀 여성이었다. 그녀는 주위의 시선에도 아랑곳하지 않으며 검찰청 안에서도 거침없는 걸음을 옮겨 나갔다.

특수부 차장실까지 도착한 그녀가 차장 비서의 말에도 잠시도 기다리지 않고 문을 열어젖혔다.

"이 차장, 많이 컸네. 날 오라 가라 하고 말이지."

이명학 차장에게 자연스레 하대를 섞어 말하는 그녀의 모습에선 한 치의 망설임도 찾아볼 수가 없었다.

웬만한 정계인사들도 함부로 대할 수 없다는 특수통 앞에서 그녀는 다리까지 꼬아 보이며 마치 제집 안방인 양 편해 보이는 모습이었다.

"이 친구는 누구야? 요즘 남자 애인 키워?"

대남을 바라보며 그녀는 거침없이 말을 내뱉었다. 이명학은 그 모습에 고개를 절레절레 저어 보이고는 말했다.

"이쪽은 담록그룹의 제시라 사장, 제시라 사장이 조금 전 지칭했던 검사는 요즘 장안의 화제가 되고 있는 특임 검사 김대남. 언론에서 자주 봤을 얼굴일 텐데 말입니다. 요즘 신문만 들었다 하면 저 친구 얼굴로 도배가 되어 있는데."

이명학의 말에 제시라는 자신의 시선을 가렸던 선글라스를 벗어 재낀 뒤 대남을 바라봤다.

선글라스가 사라진 그녀의 얼굴은 제일선 회장과 미묘하게 닮아 있었으며 귀티는 기본이고 강단 있어 보인다는 말이 절로 어울렸다.

제시라는 대남을 잠자코 바라보다 고개를 끄덕이며 말했다.

"이렇게 보니 기억이 날 것 같네, 요즘 재계에서도 당신 때문에 말이 많던데. 검찰에 제대로 미친놈 하나가 날뛰고 있다고.

삭막한 대한민국에 이렇게 재미난 볼거리를 선사해 줘서 고마워요, 젊은 검사 나리."

제시라는 말을 끝마치고는 이명학을 향해 눈짓했다. 마치 김대남이라는 젊은 검사가 이 자리에 있어도 되냐는 듯한 시선이었다.

이명학은 담담하게 고개를 끄덕여 보이고는 말했다.

"제시라 사장, 걱정하지 않아도 좋습니다. 여기 있는 김대남 검사 또한 이미 회장님의 타계 소식을 접했으니까요. 믿을 만한 인물이고, 앞으로 특수부의 이름을 달고 사건의 진상을 파헤칠 카드입니다."

"서부지검에서 날뛰었던 걸 보면 믿음직스럽기는 한데, 나한테 가타부타 말도 없이 혼자서 독자적으로 이렇게 판단을 내려도 되는 건가."

"회장님의 사건은 검찰에서 해결해야 할 일입니다. 그리고 단언컨대 지금 상황에 가장 적합한 인물이 바로 김대남 검사였습니다. 만약 싫으시다면 무르셔도 좋지만 저 친구가 보기와는 다르게 꽤나 입이 무겁단 건 알고 계셔야 할 것 같군요."

이명학 또한 담록그룹의 후계자 앞에서 전혀 기죽은 기색이 없었다. 도리어 배짱을 보이니, 제시라 또한 언제 그랬냐는 듯이 좁혔던 미간을 풀고는 미소 지어 보였다.

하나의 얼굴에도 수십 가지 표정이 존재한다는 말은 아마도 이러한 사람을 일컫는 용어일 것이다. 이명학은 그 모습에 대남을 바라보며 찬찬히 말을 이어나갔다.

"담록그룹에서 중앙지검 특수부로 제일선 회장의 타계 소식과 살해 의혹을 동시에 알린 사람이 바로 제시라 사장일세. 현재로선 담록그룹 내에서 가장 검찰에 협조적일뿐더러 사건의 진상을 밝히기 위해 노력 중이시지."

"사장님께서 직접 검찰에 알린 겁니까?"

"왜, 이상한가?"

대남은 제시라를 향해 나직이 말했다.

"후계 구도에 욕심이 없어 보이지는 않으신데 말입니다."

"……!"

"재미있는 검사네."

이명학이 놀라기도 잠시, 제시라가 날카로운 웃음소리를 내어 보였다.

일순간에 집무실 안의 공기가 살얼음판을 걷듯 얼어붙었다. 그럼에도 불구하고 대남의 모습에는 전혀 긴장한 모습을 찾아볼 수가 없었다.

제시라는 이러한 대남의 태도가 퍽 흥미로운지 눈꼬리를 휘어 보이며 물었다.

"유명한 검사니까 직관력도 그만큼 뛰어나겠지, 현재 담록그룹의 후계 구도는 3강으로 나뉘어. 장녀인 나를 제외하고 차녀와 막내 남동생이 있으니 말이야. 나를 포함해 셋 다 아버지 성질머리를 닮은 것인지 물욕이 아주 대단해. 피만 섞였을 뿐이지 담록의 경영권 확보를 위해서라면 물불 가리지 않을 인물들이니."

"……."

"동생들의 인물과 커리어는 경제 주간지에도 자주 나왔으니 검사 나리께서 모를 리가 없을 테고. 재벌 가문의 가정사야 당신네들이 생각하고 있을 만큼 복잡하니 이 자리에서 전부 설명하기에는 시간이 부족하고. 유명하다는 검사 나리의 직관을 믿어보고 싶네. 누구 같아?"

제시라는 대남의 눈동자를 마주하며 물었다.

"아버지를 죽인 사람이."

이명학마저도 작금의 상황이 흥미로운지 대남을 주의 깊게 살펴보고 있었다.

하나 대답은 들려오지 않았다. 제시라가 자신의 질문에 쉽사리 대답하지 못하는 대남의 모습에 실망한 듯 혀를 차려는 순간, 대남이 말문을 열었다.

"제시라 씨는 아버지가 살해당했다고 확신하십니까?"

"정황만 있을 뿐이지, 확신할 수는 없어. 당신들이 항상 이야기하잖아. 심증만으로는 부족하다고, 물증을 가져오라고. 나 또한 내심 그렇게 외치고 있더군. 아버지의 마지막이 그렇게 허무했을 리 없을 거라고 말이야."

"그런데 검찰 특수부에 사건을 의뢰하셨군요."

대남이 뜸을 들이자 이명학이 거들었다.

"법의학자의 소견과 부검의의 말로는 살해 정황이 발견되었다고 하네. 그러나 확실한 물증도 없고 용의 선상에 오른 인물이 너무 많아. 하나같이 다 거물들이라 일일이 검찰 수사를 진행할 수도 없는 노릇이고. 결정적으로 담록그룹에서 회장님의 타계 소식을 바깥으로 알리지 못하는 상황이니."

대남은 이명학의 말을 듣고는 고개를 천천히 끄덕여 보였다. 그 모습에 제시라가 눈을 가늘게 뜨며 도발했다.

"꼴을 보아하니 자신 없는 모양이네."

"현재 정황상, 가장 의심 가는 사람은……."

대남이 고개를 들어 제시라를 마주하며 입을 열었다.

"당신이겠군요."

제시라의 얼굴이 왈칵 일그러지며 이맛살이 거세게 찌푸려졌다. 이명학은 그 광경을 흥미로운 눈치로 계속해서 관망하고 있었다. 대남은 자신을 향한 눈초리가 아무렇지 않은 듯 대수롭지 않게 운을 띄웠다.

"정황상 그렇다는 겁니다, 그리 기분 나빠하실 필요 없어요."

제시라는 대남의 대담한 배짱에 찌푸렸던 이맛살을 풀었

다. 담록그룹은 대한민국의 내부와 깊숙이 맞닿아 있었다. 정·재계를 비롯해 검찰까지도 담록의 손아귀를 벗어나기란 요원했다.

이처럼 어마어마한 담록그룹의 성골(聖骨) 앞에서 이토록 당당하게 말할 수 있는 이가 있을까. 간이 배 밖으로 튀어나왔거나 그만한 배짱에 뒤따르는 능력이 있을 터, 제시라가 대남을 향해 되물었다.

"내가 범인일 거라 생각하는 이유는?"

그녀의 성난 눈동자가 마치 제대로 된 해답을 내놓지 않으면 용서치 않을 것이라 말하는 듯했다. 대남은 저에게로 쏠리는 시선을 담담히 받아내며 말했다.

"제일선 회장의 살해 정황을 군이 검찰에 알렸다는 점, 시신을 비밀리에 중앙지검 지하 영안실에 안치시킨 점, 부검과 법의학자의 소견을 유족으로서 거부할 권리가 있었음에도 적극적으로 부검을 실시한 점. 어떻게 보면 아버지의 죽음을 파헤치기 위한 장녀의 결단으로도 보일 테지만 조금만 시각을 달리 해보면 이번 사건을 검찰에 공론화시킨 장본인이기도 합니다. 또한 제시라 씨에겐 크나큰 이점이 있죠. 제일선 회장이 살해당했다는 소식을 알림으로써 왕좌가 비었다는 것을 알리고, 공식적으로."

집무실 안에 흐르는 공기가 점차 더 사지를 옥죄어왔다.

"정적(政敵)을 제거할 수 있는 기회를 잡았으니 말이죠."

"……!"

이명학의 눈이 부릅떠졌다. 제시라의 얼굴에는 알 수 없는 기류의 미소가 흐르고 있었다.

여태껏 그 누구에게도 이토록 직설적인 이야기는 듣지 못했다. 대남은 나직이 부연 설명을 덧붙였다.

"정말 제시라 씨가 아버지의 죽음에 대한 진상을 알기 위해 검찰 특수부에 도움의 손길을 내밀었을 수도 있습니다. 하나, 이로 인해 파생될 문제점은 너무나도 많습니다. 설령 제일선 회장이 살해당했다고 한들 그룹 내에서 해결할 문제이지 자칫했다가는 그룹의 근간이 흔들리게 될 수도 있으니까요."

"계속 말해봐."

"만약 제일선 회장이 제3의 인물에게 죽임을 당했다면 정적을 제거할 수 있는 기회는 무용지물이 될 터, 당신은 분명."

대남은 제시라를 향해 단언했다.

"후계자들 사이에 범인이 존재한다고 확신하고 있군요. 그것이 아니라면 굳이 검찰 특수부에까지 회장의 죽음을 알릴 이유가 없었습니다."

짝짝짝―

제시라가 대남에게 박수갈채를 보냈다.

"훌륭해. 아버지의 죽음은 분명 슬프고 애달픈 일이지만."

그녀는 꼬았던 다리마저 푼 채로 대남을 향해 자세를 앞당기고는 말했다.

"동시에 정적을 제거할 수 있는 기회이지. 하나, 내가 범인이라는 말에는 동의하지 못하겠어. 당신 말대로 담록그룹 내에서 사건을 종결시키게 된다면 잡음은 나오지 않을 테지만 사건의 진상은 영영 알아낼 수가 없을 거야. 그래서 특수부의 힘을 빌리려 결심한 것이지. 사건의 진상을 밝혀 후계 구도를 밀어내고 내가 왕좌를 차지하게 되면 그야말로 일거양득이니까."

제시라는 아버지의 죽음을 이야기하면서도 전혀 슬픈 기색이 없었다.

그녀의 가정사를 모르는 입장에서 본다면 불효녀, 인면수심이라는 고사가 퍽 어울렸을 테지만 재벌 가문의 치열한 경쟁을 생각한다면야 이러한 철면이 조금은 이해가 되었다. 감정을 쉽게 드러낼수록 자기의 숨통을 조여오는 일이 될 테니 말이다.

"그룹을 차지하기 위해 검찰을 도구로 사용하려는 생각입니까? 검찰은 당신의 소유물이 아닙니다."

"소유물은 아니더라도 내 입김이 작용하는 곳임은 틀림없지."

제시라는 대남의 모습을 훑어보며 천천히 말을 이었다.

"이 차장, 좋은 친구를 건졌어. 여태까지 항상 고개 숙이던 놈들만 봐오다가 저렇게 목이 **빳빳한** 검사는 오랜만이니까."

언중유골(言中有骨), 제시라의 말 속에 뼈가 있음을 모르진 않았지만 대남은 작금의 태도를 고수했다. 이명학 또한 대남의 그러한 모습에 제지를 가하기는커녕 오히려 앞으로 상황이 어떻게 진행될지 자못 궁금한 표정이었다.

이명학은 대남을 가리키며 말했다.

"회장님의 죽음과 관련한 진실을 파헤치기 위해서라면 이정도 인물은 되어야 하지 않겠습니까, 웬만한 검사들은 담록이라는 두 글자만 들어도 수사를 하기보다 고개를 조아리기 바빠지니 말입니다. 김 검사, 내친김에 궁금한 점이 있으면 더 물어보게. 여기 계신 분께서는 그리 자주 만나 뵐 수 있는 분이 아니니 말이야."

이명학의 말에 대남은 망설임 없이 입을 열었다.

"현재 가장 유력한 용의자는 누구라고 생각합니까?"

대남의 물음에 제시라 또한 거침없이 대답했다.

"둘째 제서현, 호텔과 장학재단을 동시에 맡아 운영 중에 있지. 마음 같아서는 셋째가 범인이었으면 좋겠지만 지금으로선 둘째가 가장 유력해."

"이유는?"

"장학재단에서 거액의 횡령을 했어. 그 액수가 워낙 크다 보니 결국 덜미가 잡혔고 아버지까지 알게 됐지. 얼마 가지 않아 후계 구도에서 밀려날 게 뻔했기에 그룹 임원들도 등을 돌리고 있었던 상태였어. 때문에 아버지가 돌아가신 상황이 걔한테 있어선 더할 나위 없는 천운일 테지."

제시라의 말은 일리가 있었다. 담록그룹의 후계 구도 중 가장 영향력이 미비하고 존재감이 없는 제서현은 점차 좁혀져 오는 자신의 입지와 경영권 확보에 어려움을 겪었을 터. 제일선 회장의 자녀로서 아버지의 강경한 성격을 모르지 않았기에 횡령이 들통 난 순간 재기가 불가능함을 직감하고 있었을 것이다.

"검찰 수사를 공개적으로 진행할 수 없으니 진술을 들어보기는 요원할 테고."

대남의 고개가 절로 주억거려졌다. 용의 선상에 오른 자가 있다 하더라도 극비리에 이루어지는 수사였고, 상대가 상대이니만큼 검찰 진술은커녕 검찰청 소환조차 쉽게 할 수가 없을 터였다.

때마침 대남의 이러한 의문을 풀어주려는 듯 제시라가 말했다.

"진술까지는 아니더라도 대면은 가능해."

"어떻게?"

"며칠 후면 담록호텔 창립 50주년 행사가 있어, 그때 담록의 임원들은 물론 후계자들 또한 한자리에 다 모이게 되지. 물론, 담록 내에 영향력이 없는 인물은 우리의 얼굴을 보기도 힘들 테지만. 검사 나리께선."

제시라의 눈꼬리가 반달 모양으로 휘어졌다.

"내 파트너로 참석하면 돼."

제시라가 특수부를 다녀가고 난 뒤 이명학은 소파에 등을 깊게 기대며 대남을 바라봤다.

폭풍과도 같은 여자였다. 자신이 할 말만을 남긴 채 사라진 모습에 잠시 당황할 만도 하건만 대남은 이전과 별반 차이가 없었다.

아니, 오히려 여유로워 보이기까지 했다.

"해결할 수 있겠나, 재벌들을 상대하는 일이야. 웬만한 범털도 아니고 담록이라는 국내 제일의 부호들이지. 내가 자네를 특수부까지 부른 이유는 미친놈처럼 물불 안 가리는 성격 때문이야. 권력가 앞에서도 기죽지 않고 정의를 실현시키는 정의에 미친놈 말이야."

"칭찬으로 듣겠습니다."

"제시라는 어떠한가, 자네가 보기엔. 아직도 범인 같나."

대남은 검지로 관자놀이 쪽을 긁적여 보이고는 말했다.

"제시라의 말이 사실이라면 범인일 가능성은 다소 줄어듭니다. 굳이 아버지를 살해할 생각이었다면 제서현이 축출되고 난 뒤에 하는 것이 오히려 더욱 큰 반사이익을 불러일으킬 테니 말이죠. 하지만."

"하지만?"

"가정일 뿐입니다. 그녀가 범인이 아니라는 증거도 없으니까요."

이명학은 대남의 침착함에 속으로 감탄했다. 이런 놈인 줄은 진작 알고 있었지만 정·재계 인사들 앞에서도 전혀 고개를 조아리지 않고 할 말을 하는 모습이 다른 의미로 검사(劍士) 같았다. 칼을 뽑은 이상 뒤로 물러나지를 않으니.

"제시라는 시험을 한 거야. 연회장에서 자네가 사건에 대한 단서를 찾지 못한다면 더 이상 쓸모가 없다고 여길 테지. 겉으로는 자기 멋대로 살아가는 재벌 2세처럼 보인다고 해도 속에는 구렁이 수백 마리가 꿈틀거리고 있는 노인네나 마찬가지야."

이명학의 말처럼 제시라가 대남에게 연회에 함께 가자고 한 것은 의외였다. 용의 선상의 인물과 접점이 필요하기로서니 진술도 아니고 대면을 하기 위해 일개 검사를 연회의 파트너로 초대하는 경우는 없었으니 말이다.

향후 행동이 예상되지 않는 여자이기도 했다.

"서부지검 특별 내사 관련해서는 내 뒤탈이 없도록 확실히 마무리해 놓도록 하지. 공판은 자네와 함께 호흡을 맞추던 민중 검사가 계속해서 이어나갈 테고 말이야. 자네는 일단 담록그룹 사건부터 해결해야 한다는 것을 잊지 마."

서부지검 특별 내사와 관련해서는 대남의 으름장 덕분인지 하루가 멀다고 자수를 하는 이들이 늘어나고 있는 실정이었다. 대부분이 촌지에 버금가는 뇌물을 받은 것이거나 접대를 받은 것인데 서부지검에서 오랫동안 일을 한 민 검사마저도 이토록 많은 이들이 자백해 올 줄은 몰랐다고 했다.

대남은 다시 담록그룹의 후계 구도를 되짚어보며 물었다.

"제서현은 어떤 인물입니까?"

대남의 물음에 이명학은 머리를 긁적이고는 답했다.

"글쎄, 한번 알아봐."

특수부의 검사들은 저들끼리도 내통을 잘 하지 않는지 말들을 아끼는 모습을 자주 볼 수 있었다. 중앙지검 내부 깊숙이 자리한 곳이기에 그러한 음침한 분위가 더 어울리는지도 몰랐다.

특수부에서 며칠 동안 생활을 해서인지 미로 같았던 중앙지검 내부가 빠삭하게 머릿속에 들어왔다. 대남이 복도 끝을 따라 걸어 나가니 그 모습을 본 이명학이 물었다.

"어딜 가나?"

"담록호텔로 갑니다."

"날이 벌써 그렇게 되었나."

이명학은 대남의 행색을 훑어보고는 눈살을 찌푸렸다.

"50주년 파티라고 하지 않았나, 엄연히 드레스코드란 게 있을 터인데."

이명학의 중얼거림을 듣는 둥 마는 둥 대남은 걸음을 옮겨 나갔다.

제시라 측에서 차와 운전수를 보내준다 했지만 대남이 모두 거절하자 제시라 또한 더 이상 권유하지는 않았다. 담록호텔은 그 유구한 역사와 더불어 대한민국의 특1급 호텔이었다. 넓은 호텔 부지와 높게 치솟은 건물의 크기는 그 위엄을 여실히 나타내고 있었다.

"여전히 표정의 변화가 없네, 검사 나리."

어느새 대남의 지척으로 다가온 제시라가 대남에게 아는 체를 했다.

이미 호텔 로비에는 수많은 경호원은 물론이고 제시라를 알아보고는 수군거리는 이들도 있었다.

경영인임과 동시에 담록의 1후계자인 그녀에게서는 웬만한 유명 연예인보다도 더 번쩍이는 후광이 느껴졌다. 직원들은 긴장한 기색이 역력했다. 연회의 주인공인 성골이 로비까지 나오는 경우는 아주 드물기에.

"이런 연회는 많이 와봤나 봐? 떨지도 않네."

"제가 굳이 떨어야 할 이유라도 있습니까."

"역시, 그건 그렇고 복장이 왜 이래? 이건 마치……."

제시라는 대남을 위아래로 훑어보고는 뒷말을 흐렸다. 화려한 드레스 차림의 자신과는 상반될 정도로 대남의 복장은 정적이었다.

며칠 전 차장실에서 보았던 정장 차림과 별반 차이가 없을 정도로 연회와는 턱 어울리지 않았다. 다행이라면 훤칠한 체격과 인물이 도와주고 있다는 것이다.

대남은 손목시계를 내려다보고는 말했다.

"연회 참석이 아니라, 공무 수행 중입니다."

"좋을 대로, 어차피 뭘 입고 있으나 관심받을 테니 말이지."

대남과 제시라는 한 뼘 거리에서 함께 걸음을 옮겼다. 명실상부 이번 연회의 주인공은 담록의 후계자들이다.

왕좌를 향해 가장 지근거리에 있는 그들에게 쏟아지는 관심은 그 무엇과도 비교할 수 없을 터, 연회장의 대형 문이 열리고 제시라와 대남이 들어서자 일제히 시선이 집중되었다.

금일 주최되는 행사는 담록호텔의 건립 50주년을 축하하는 자리였지만 동시에 담록 후계들의 치열한 알력이 드러나는 자리이기도 했다.

적자생존이라는 말처럼 담록의 임원들은 앞으로 왕좌에 앉을지 모르는 제시라를 향해 연신 고개를 숙여대기 바빴다.

"사장님, 그런데 옆에 계시는 남성분은 누구……?"

"신문에서 보신 적 있으실 텐데요. 서부지검의 김대남 검사라고."

"……!"

임원들은 대남의 얼굴을 유심히 쳐다보다 이내 기억이 난 것인지 화들짝 놀란 표정이 되었다.

대남의 악명 아닌 악명은 재계에 이미 자자했다. 권력 앞에 고개를 숙이는 것이 당연시 여겨지는 사회 속에서 고개 숙일 줄 모르는 이는 곧 단명을 의미했다.

하나 대남은 보란 듯이 죄를 지은 사람이라면 누구든지 잡아들이며 검찰 개혁의 돌풍을 일으키고 있었다. 임원 중 한 명이 곤란하다는 표정을 지어 보이며 말했다.

"검사 양반. 그런데 이 자리에는 왜 오신 겁니까? 검찰청 인사께서 친히 방문할 이유는 없어 보이는데요."

"제 파트너로 왔어요."

"……!"

제시라의 말에 임원들이 동시에 눈을 부릅떴다.

아무리 유명하기로서니 평검사에 불과한 젊은 검사가 아무런 제재 없이 연회장에 들어선 것도 이해가 되지 않는 마당에 제시라 사장의 파트너로 참석했다니, 이 무슨 황당한 상황이란 말인가.

임원들이 미간을 서서히 좁히고 있는 중에도 대남은 대수롭지 않은 표정으로 주위를 훑어보고 있었다.

'넓긴 넓네.'

연회장은 담록호텔의 위상만큼이나 넓었다. 수천 가지 음식에 휘황찬란한 장식품들이 사방에 즐비하니 얼핏 보면 정신이 없을 만도 하건만 연회를 찾은 사람들은 하나같이 차분함을 유지한 채 자신들의 인맥을 쌓기에 급급했다.

이처럼 많은 담록의 간부들이 한 번에 모이기가 힘들기에 시간이 지날수록 사교의 장은 더욱 가열되고 있었다. 또한 그 중심에는 담록의 성골이 있었다.

"언니, 생각보다 빨리 왔네."

임원들이 제시라의 주위에서 허리를 굽히는 것을 지켜보던 대남은 뒤이어 나타난 한 여자에게로 시선을 돌렸다. 그녀 또한 제시라와 마찬가지로 수많은 시선을 몰고 다니고 있었다.

대남은 그녀를 보자마자 단박에 알아볼 수가 있었다. 아버지 쪽, 그러니까 친탁보다는 외탁한 모양인지 유려한 인상의 후계자 제서현이었다.

제서현은 대답 없는 그녀의 언니에게서 고개를 휙 돌려 옆에 있는 대남에게로 시선을 돌렸다.

"이쪽은 누구신지?"

"김대남입니다."

"김대남?"

간단명료한 대남의 대답에 제서현의 이맛살이 찌푸려지니 뒤에 서 있던 임원 하나가 급히 제서현의 귓가에 무언가를 연신 속삭여댔다. 아마 그 무언가는 대남의 신상 명세쯤 될 것이리라.

이윽고 대남을 바라보는 제서현의 표정이 시시각각 변하기 시작하더니 종국에는 흥미로운 눈초리가 되어 있었다.

"우리 잘난 언니께서 검사를 파트너로 대동하고 왔을 줄이야, 요즘 유명하다면서요? 듣기로는 검찰의 탕아라고 불린다고 하던데 오늘은 누굴 잡아가려고 행차하셨을까?"

"아직까지는 누구를 잡아갈 생각은 없지만, 필요하다면 못 할 것도 없지요."

"……!"

"곤란한데, 여기는 당신네들 법이 통하는 구역이 아니라서."

그들 주변에 있던 사람들이 하나같이 놀란 표정인 가운데 제서현은 담담하게 고개를 저어 보였다.

보이는 외향은 제시라와 달랐지만 언니 못지않은 담대한 성격은 그녀 또한 담록그룹의 성골이라는 것을 여실히 드러냈다.

"그럼 재미있게 놀다 가요."

제서현은 그 말만을 남긴 채 등을 돌렸다. 제시라는 그녀와 말 한마디 나누지 않았지만, 표정만큼은 이미 많은 대화를 나눈 사람처럼 알 수 없는 미소를 짓고 있었다.

제서현과의 거리가 어느 정도 멀찍해지자 침묵만을 고수하던 제시라가 운을 띄웠다.

"어떤 것 같아?"

"뭘 말입니까?"

"제서현, 어떤 것 같냐고."

대남을 바라보는 제시라의 표정은 묘했다. 용의 선상의 인물로서 어떠냐는 건지, 아니면 제서현이라는 인물 그 자체에 대해서 묻는 것인지 질문의 저의는 제시라만이 알 테지만 대남은 망설임 없이 대답했다.

"같습니다."

"뭐?"

"당신하고요."

"……!"

제시라는 잠깐 놀란 표정을 지어 보였지만 이내 표정을 수습하고는 대남을 향해 되물었다.

"그럼 연회는? 지금 이 자리에 있는 한 명 한 명이 일반인들은 만나보기 힘든 담록의 임원들이거나 사회 각층의 영향력 있는 유명 인사들이지. 어떻게 생각해, 화려하지 않아?"

대남은 제시라의 물음을 곱씹으며 주위를 둘러보았다. 수많은 사람이 저마다의 이유와 목적을 가진 채 쉴 틈 없이 움직이고 있었다.

그 가운데 가장 여유로운 이들이 있다면 다름 아닌 담록의 성골들일 것이다. 대남은 짧게 고개를 끄덕이며 말했다.

"화려합니다. 하나 겉으로 보이는 모습보다는 속에서 벌어지는 일이 중하겠지요. 다들 각자의 잇속을 채우기 위해 계산적으로 움직이고 대화를 나눕니다. 담록의 후계들에게 얼굴도장을 찍기에 바쁜 것은 물론이고 여유롭고 우아한 태도도 잊지 않고 고수해야 합니다. 화려해 보이지만, 실상은 먹이를 찾아 헤매기 바쁜."

대남은 제시라를 직시하며 뒷말을 덧붙였다.

"돼지우리겠군요."

다행히도 제시라의 대화가 시작되고 나서부턴 주위 사람들이 일찌감치 물러나 듣는 귀가 없었다만은 만약 듣는 이가 있다고 할지라도 대남은 거침없이 말했을 것이다. 제시라는 담록호텔의 연회가 모욕당했음에도 미소 짓고 있었다.

"역시 마음에 들어, 오늘 내 파트너로서의 역할을 잘해낼 수 있겠어. 본 연회는 식이 끝나고 시작하지, 후계들의 모임은 그때부터가 될 테니 말이야. 파티를 즐기고 있으라고."

연회장을 바라보는 제시라의 눈동자는 형형히 빛나고 있었다.

담록호텔 건립 50주년 행사는 담록호텔 사장 제서현의 식사(式辭)를 시작으로 막이 올랐다.

유명 가수들이 무대를 꾸미고 평소에는 신문이 아니면 보기 힘든 여야당 실세들이 연회장 안을 돌아다니고 있었다. 담록의 임원들뿐만 아니라 정치인들까지 합세하니 일개 기업의 연회라기에는 그 규모부터가 남달랐다.

대남이 연회장 안을 누비니 여러 사람이 눈을 번뜩였다. 아마도 대남의 얼굴을 알아본 이들 같았다. 처음엔 수군거리는 듯했으나 그들은 이내 대남의 옆에 제시라가 자리하고 있다는 사실에 숨을 집어삼켰다. 대놓고 바라보지는 않지만 주위의 수많은 시선이 대남을 흘겨보고 있었다.

"부담스럽나?"

제시라의 물음에 대남은 고개를 저어 보였다. 어떻게 보면 매번 겪는 일이나 마찬가지였다. 대학 시절부터 황금양, 그리고 검사에 이르기까지 수많은 사람의 관심을 받아왔다. 어떤 의미로는 재벌가의 여식인 제시라 만큼이나 무수히 많은 이목을 끄는 삶을 살아왔다고 할 수 있을 것이다. 그 모습에 제시라가 피식 웃고는 말을 이었다.

"재벌가는 비밀이 많아. 그래서 제아무리 자기 사람이라 생각한다고 해도 그 앞에서는 가문에 관한 이야기를 터놓지 않지. 연회도 마찬가지야. 다들 내 앞에서 잘 보이려 안간힘을 쓰지만 내가 왕좌에서 밀려나게 된다면 가차 없이 줄을 갈아탈 양반들이야. 약육강식의 세계에선 그게 맞는 이치이니."

"약육강식이라."

"왜, 어울리지 않나?"

제시라는 대남의 대답을 듣기도 전에 걸음을 옮기며 말했다.

"후계들은 이들과 함께 식사를 하지 않아. 원래라면 회장님을 필두로 주요 임원진들까지 전부 참석했을 테지만 이번 연회만큼은 우리 남매 세 명만 모이기로 했거든. 할 이야기가 밖으로 유출되어서는 안 되는 것이라."

제시라를 따라 걸음을 얼마나 옮겼을까, 연회장에는 귀빈실도 따로 마련되어 있었다. 그리고 그곳에는 당연히 담록의 성골들이 자리하고 있었다.

문을 열고 들어서자, 조금 전에 보았던 유려한 인상의 제서현은 물론이고 처음 보는 남성도 있었다. 제시라가 제일선 회장의 강단 있는 모습을 닮았다면 남자는 마치 제일선 회장의 젊을 적 모습을 그대로 투영한 것 같았다.

'담록물산의 제강준.'

제서현은 이미 대남과 마주한 적이 있어서인지 의아스러운 눈초리로 쳐다볼 뿐이었지만 제강준은 달랐다. 그는 노골적으로 대남을 노려보며 언성을 높였다.

"누나, 이 자리에 왜 외부인을 데리고 와. 어이, 거기! 수행비서면 나가 있어."

"수행비서 아닌데?"

"그럼 뭔데."

제강준의 물음에 제시라가 채 대답하기도 전에 대남이 한 발자국 앞으로 나서서 말했다.

"검사입니다."

"뭐?"

자신을 검사라고 말한 대남 덕분에 제강준은 잠시 당황한 표정이 되었고, 제시라가 나서서 다시 입을 열었다.

"이 사람은 내가 데리고 온 사람이야, 이유를 불문하고 이 자리에 있어도 돼."

"그건 그래도."

"아버지가 돌아가신 걸 이미 알고 있어, 특수부의 검사이니까."

"……!"

제시라가 검찰 특수부에 아버지의 시신을 양도한 사실을 모르지는 않았다. 하나 특수부의 고위관료 몇몇만이 알고 있다 생각했고, 더군다나 연회가 벌어지는 이 자리에 검사를 대동하고 나타날 것은 생각지도 못했다.

제강준은 한 차례 대남을 쏘아보고는 체념한 듯 고개를 돌렸다.

대남과 제시라 마저 자리에 앉고 나니 귀빈실에는 단 4명만이 서로를 바라보며 신경전을 벌이는 양상이 되었다. 테이블 위로 화려한 식사가 마련되었음에도 누구 하나 손을 대지 않은 채 침묵이 유지됐다.

가장 먼저 말문을 연 것은 다름 아닌 파티의 주최자, 담록호텔 사장 제서현이었다.

"어차피 아버지가 돌아가신 건 부정할 수 없는 사실이야, 이렇게 된 마당에 내숭 떨 필요 없이 그룹의 지분을 나누는 게 급선무 아니겠어? 후계 구도가 제대로 잡히지 않은 상태에서 아버지의 타계 소식이 바깥에 알려지게 되면 상속 문제는 물론이고 여러 가지 문제가 불거질 게 뻔하니 말이야."

제서현은 한시라도 빨리 경영권에 대한 이야기를 나누고 싶어 하는 눈치였다. 그리고 그 의견에 제동을 건 것은 팔짱을 끼고 있던 제시라였다.

"지금 네 말은 마치 경영권을 일정하게 나누자는 말처럼 들리는데."

"나도 아버지의 자식이야, 동등하게 받지 못할 이유는 없다고 보는데. 그리고 사실상 언니도 나하고 같은 처지 아니야? 어차피 아버지는 후계를 강준이로 생각하고 있었다고."

제강준은 그 광경을 즐기듯 의자에 몸을 기댄 채 관조하고 있었다. 짧은 단편의 광경만 보더라도 제서현과 제강준이 협력 관계인 것처럼 보였다.

제시라 또한 그 사실을 모르지 않을 터, 그녀는 입꼬리를 비틀며 말했다.

"횡령을 하다 들통나 쫓겨날 지경에 처했던 네가 이제 와선 박쥐 노릇까지 하고 있고, 지하에 계신 아버지가 보면 참으로 가관이라 말씀하실 테지. 맏이로서가 아니라 담록의 후계자 중 한 명으로서 말할게. 아버지의 죽음에 대한 진상이 밝혀지기 전까지는 담록의 주인 자리는 물론이고 경영권은 일체 건드릴 수가 없어."

"······!"

진상을 밝힌다는 말에 제강준과 제서현의 표정이 삽시간에 굳어졌다.

여태껏 등을 기대고 있던 제강준이 자세를 앞당기고는 언성을 높였다.

"아버지가 돌아가신 건 지병 때문인데 무슨 진상을 밝힌다는 말이야, 경영권을 뺏기기 싫다고 그따위 방해 공작을 펼쳐서야 쓰나. 말도 되지 않는 말로 아버지의 죽음을 모독하지

마. 설령 밝힌다 해도 무슨 수로 밝힐 건데!"

제강준의 얼굴이 붉으락푸르락해진 가운데, 뜻밖의 인물에게서 대답을 들을 수 있었다.

"제가 밝힙니다."

대남이었다.

"뭐……?"

대남의 목소리에 제강준의 얼굴이 눈에 띄게 굳어졌다. 제시라는 묵묵히 그 상황을 지켜보며 입꼬리를 말아 올리고 있었다.

대남은 담담하고도 낮은 어조로 계속해서 말을 이어나갔다.

"제일선 회장의 살해 정황은 이미 검찰 부검의와 법의학자의 소견으로 확인된 상황입니다. 이러한 상황 속에서 회장님의 죽음을 유야무야 묻어버리겠다는 행위는 그야말로 범행의 자백으로밖에 보이지가 않습니다. 혹여 그런 쓸데없는 오해를 받고 싶은 건 아니시겠죠?"

"……!"

제강준의 얼굴이 기차 화통을 삶아 먹은 것처럼 붉어졌다. 그는 재차 언성을 높이며 대남을 노려봤다.

"아버지가 정말 살해당하신 거라면 나부터 가만있지 않았을 거야. 네까짓 게 뭐라고 지금 이 자리에서 그런 말을 해! 특수부의 검사라고 한들 우리가 무서워할 것 같나. 기껏해야 검찰의 말단 주제에 지금 이 자리에 앉아 있는 것 자체를 영광으로 생각하라고. 한 번만 더 그 잘난 주둥아리를 나불댔다가는 용서하지 않을 테니."

제일선 회장이 윽박을 내지르는 모습을 봤다면 이러할까, 그는 저의 아비와 눈썹 한 올까지 똑 닮아 있었다. 하지만 그 기개만큼은 뒤따라가지 못했다. 제일선이 호랑이라면 제강준은 집고양이 정도가 어울릴 터, 대남은 개의치 않은 듯 고개를 저어 보이며 말했다.

"현재까지 용의 선상에 오른 유력한 인물은 이 자리에 계시는 담록의 후계들입니다. 그런데 사건을 맡은 검사인 제가 입을 다물다니요. 말도 되지 않는 소리, 쉽게 대면하기 힘드신 분들이니 이 기회를 빌려 말씀드리겠습니다. 세상에 완전한 범죄란 존재하지 않습니다."

"이, 이 자식이……!'

"그만!"

제강준이 눈을 부라리며 자리를 박차고 일어서려는 것을 제시라가 손을 들어 제지했다.

그녀는 제강준과 제서현을 한 차례씩 번갈아 바라보고는 나직이 단언했다.

"아버지의 살해범을 찾는다. 경영권 분쟁은 그다음이야."

"언니!"

"누나!"

"담록그룹은 아버지가 세운 왕국이나 마찬가지야, 우리가 단지 핏줄이라는 이유만으로 왕좌를 요구하는 건 돌아가신 아버지에게 너무나도 못 할 짓이야. 피도 눈물도 없는 재벌가라지만 이번만큼은 안 돼. 만약 너희들이 거부한다면 난 이 일을 공론화시킬 생각이야."

"……!"

공론화라는 말에 제강준과 제서현의 얼굴이 굳어졌다. 만약 경영권 상속에 관한 문제가 해결되기도 전에 회장의 죽음이 세상에 밝혀지게 된다면 그 파장은 무시하지 못할 정도로 클 것이다.

더불어 살해 의혹까지 불거지게 된다면 담록의 근간이 흔들리게 되는 것은 시간문제일 터, 잠자코 있던 제서현이 믿지 못하겠다는 눈초리로 제시라를 쏘아봤다.

"언니, 내가 언니를 몰라? 담록을 그렇게 쉽게 놓을 양반 아니잖아. 이렇게 우리를 겁박해서 얻어낼 수 있게 뭐가 있단 말이야, 이제 와서 돌아가신 아버지의 죽음을 밝히다 혹여나 정보가 새어 나가게 되면 그 감당은 어떻게 하려고 그래!"

"서현아, 네가 날 잘 안다고?"

"뭐?"

제시라는 희미한 미소를 머금은 채 천천히 고개를 가로저었다.

"경영권 분쟁과 관련된 일은 시간이 지나면 지날수록 악화 일로를 걷게 될 거야. 한데 만약 우리 중에 정말 아버지를 살해한 범인이라도 있다면 자연히 그 몫은 세 사람에서 두 사람으로 줄게 될 거고. 그렇게 되면 계산도 쉬워지지 않겠어? 서현아, 너는 아직 날 잘 몰라."

"……!"

제시라의 말에 두 동생이 동시에 침음을 삼켰다. 귀빈실에는 적막감만이 감돌았다. 누구 하나 먼저 말을 하지 못하고 눈치를 살피기에 급급한 그때, 또다시 뜻밖의 장소에서 목소리가 들려왔다.

"남매분들끼리 모쪼록 합의가 잘 이루어진 것 같군요. 경영권 문제에 관해 논의를 하기 이전에 제일선 회장의 죽음에 대한 정황부터 되짚어 봐야 하니 검사인 제가 먼저 말하겠습니다. 오늘 이 자리에 계셨던 세 분 다 검찰 특수부의 소환에 응해주셔야 할 것 같습니다. 물론 비밀리에 이루어지는 것이니 언론의 노출과 관련해서는 걱정하지 않으셔도 됩니다. 제가 확실히 책임지죠."

"뭐! 검찰 소환이라니!"

"우리가 누구인 줄 알고 그런 소리를 지껄이는 거야, 우리가 범인이라 의심된다면 너희 검찰 나부랭이들이 알아서 찾아보면 될 거 아니야!"

대남의 말에 제시라는 침묵을 유지하는 가운데, 제강준과 제서현이 동시에 반발을 일으켰다.

재계인사들은 검찰 소환이라는 단어 자체에 거부감을 일으켰다. 더욱이 경영권 분쟁을 코앞에 둔 상황에서 흠집이 하나라도 잡혔다가는 아주 곤란한 상황이 벌어질 것이다.

그들의 입장에선 오히려 대남을 자신들의 편으로 만드는 게 훨씬 다루기도 편할 것이었다. 하지만 대남은 순순히 그들의 의견을 들어주지 않았다.

"검찰 소환에 불응하셔도 상관없습니다, 하나 이것 하나만은 기억해 주셨으면 좋겠습니다. 중앙지검 특수부에서는."

뒤이어진 말에 제강준이 자리에서 벌떡 일어났다.

"이미 범인과 관련한 확정적인 증거를 찾아냈다는 사실을요."

대남의 발언으로 인해 제강준과 제서현은 끈질기게 '증거'가 어떠한 것이냐고 추궁했지만 대남의 입은 굳게 닫힌 채 더 이상 열릴 기미가 보이지 않았다.

결국 50주년 연회가 끝에 다다르자 귀빈실에서 이루어졌던 후계들의 식사 자리 또한 마무리할 수밖에 없었다.

제시라는 자신의 옆에 있는 대남을 바라보며 수많은 생각을 거듭하고 있었다.

'신기하단 말이지.'

젊은 검사의 패기라고는 설명되지 않을 만한 대담한 배짱과 담력은 어디서 기인하는 것일까, 대남의 말에는 믿기지 않으리만큼 강력한 신뢰감이 존재했다.

카리스마, 위엄, 위압감이라는 단어들보다는 차원이 높은 아우라가 그의 후광을 비추고 있었다. 제시라는 이러한 인물을 예전에도 자주 마주했었다.

'아버지.'

아버지, 제일선 회장에게서 느껴지는 풍모가 이러했다. 수만 명에 달하는 담록의 사원들 앞에서 그는 선봉장으로서 언제나 기적 같은 일들을 일으켰다.

아직 연륜이라는 말이 어울리지 않는 젊은 검사에게서 그와 비슷한 느낌을 받았다는 것 자체가 제시라의 마음속에 큰 파도를 치게 했다.

"확정적인 증거라니, 이 차장에게선 듣지 못했던 이야기인데?"

주위 사람들이 물러나니 제시라가 대남을 바라보며 물었다. 그녀의 물음에 대남은 망설임 없이 대답했다.

"당연히 들은 적 없겠죠."

"그게 무슨?"

"증거가 존재할 리 없지 않습니까."

"허."

제시라는 짤막하게 탄식을 터뜨렸다. 혹여나 정말 대남이 말했던 것처럼 특수부에서 증거를 찾아낸 것이라면 앞으로 사건은 손쉽게 풀릴 것이 자명했다.

그런데 거짓말이라니, 허탈하기보단 용의자들 앞에서 눈 하나 깜빡하지 않고 거짓말을 하는 대남이 놀라워 보였다. 제시라는 그런 대남의 모습을 살펴보며 물었다.

"미끼를 뿌린 거군, 그런데 나한테 이렇게 말해도 되는 거야? 만약 내가 범인이라면 지금 당신은 큰 실수를 범하고 있는 거나 마찬가진데."

"아마 나머지 두 사람도 지금쯤 제가 했던 발언이 사실이 아닐 수도 있다는 생각을 머금고 있을 겁니다. 하나 진실일 수도 있다는 일말의 확률 때문이라도 검찰 소환에 응할 수밖에 없을 테고요. 만약 자신이 범인이 아니라고 하더라도, 진범에 대한 단서를 알게 되면 앞으로 있을 경영권 분쟁에 승기를 잡을 수 있을 테니 말이죠. 그리고 제시라 씨는."

대남은 고개를 돌려 제시라를 바라봤다.

"이미 특수부와 밀접한 관계이기에 제 말이 거짓말인 것을 눈치채는 데에는 그리 오랜 시간이 걸리지 않았을 겁니다. 괜히 여기서 입씨름할 필요가 없겠지요."

"만약 내가 진범이라면?"

"상관없습니다. 검사는 범인을 잡아낼 뿐이지, 고르는 입장이 아니니까요."

제시라가 범인이라도 상관없이 체포하겠다는 대남의 말에 모골이 송연해질 만도 하건만, 제시라는 오히려 눈꼬리를 반달 모양으로 휘어 보이는 것으로 대답을 대신했다.

제시라가 특수부를 다시 찾은 것은 연회가 끝난 이튿날이 었다. 얼마간 특수부로 출근하게 된 대남은 직급으로 치면 말단에 불과했지만 업무상으로는 이명학 차장에 버금가는 중요한 위치이기에 그 누구도 함부로 하지 못했다.

제시라는 검찰청의 이목이 신경 쓰이지도 않는 모양인지 이전과 다름없이 대남의 집무실에 노크도 하지 않고 들어섰다. 대남은 자리에 앉은 채 고개를 살짝 들었다 내리고는 말했다.

"오늘이 소환 날은 아닐 텐데요."

"아, 그냥 개인적으로 물어보고 싶은 게 있어서 왔어."

대남이 대답을 하지 않았지만 제시라는 개의치 않은 듯 소파에 몸을 앉히고는 계속해서 말을 이어나갔다.

"검사 생활을 언제까지 계속할 거지?"

"적어도 제시라 씨 아버지 사건을 해결하기 전까지는 계속해야겠죠."

대남의 퉁명스러운 대답에도 제시라는 전혀 기분 나쁜 기색이 없었다.

"그럼 아버지 사건이 종결되는 대로 그만두고 내 밑으로 와."

갑작스러운 스카우트 제안에 어안이 벙벙할 만도 하건만 대남은 아무렇지 않은 표정이었다. 그 모습에 제시라는 더욱 입꼬리를 말아 올리며 말했다.

"담록의 평범한 사원이나, 전담 변호사로 오라는 이야기가 아니란 건 알 텐데. 당신의 일하는 방식과 성격이 꽤 마음에 들어. 말 그대로야, 내 밑으로 들어와. 원하는 직급이 무엇이든 편하게 말해도 돼. 당신의 앞날이 기대돼서 하는 투자니까."

"싫습니다."

"예상했던 답변이지만 놀랍네. 내가 누구인지 잊지 않았지?"

대남의 단호한 답변에 제시라가 되물었다. 그 물음에 대남은 훑어보던 서류를 소리 나게 내려놓으며 말했다.

"담록그룹의 후계자 중 한 명이자, 비어버린 왕좌를 가장 탐내는 사람 아닙니까."

"그걸 알고 있는데도?"

대남의 대범한 대답에 제시라가 소파에 등을 기대며 말을 이었다.

"황금양이라고 했나, 검사가 되기 전까지만 해도 황금양이라는 자그마한 영화사의 주인이었더군. 지금은 아버지가 대표로 있지만 실질적인 주인은 당신이고 말이야. 아무래도 검찰 생활이 끝나게 되면 황금양으로 갈 건가 봐? 그런 자그마한 동네 구멍가게 같은 곳에서 여생을 보내기에는 당신 능력이 너무 아깝지 않아?"

문어발 형식으로 수많은 업종의 계열사를 거느린 담록그룹의 입장에선 대남의 황금양이 작아 보일 수 있었다. 황금양이 영화 배급업계에서 눈에 띄는 성적을 보이며 급속도로 성장하고는 있다지만 아직까지는 영화라는 장르에 한정적인 기업이었기 때문이다.

"당신의 재산이 꽤 된다는 것은 알고 있어. 웬만한 검찰 인사들은 금전으로는 명함도 못 내밀 테지. 하지만 그 정도에 만족하기에는 아깝지 않아? 내가 이런 제안을 하는 건 당신이 처음이자 마지막일 거야. 그만큼 김대남 씨 당신이 마음에 들었단 거고 그걸 굳이 속일 생각은 없어. 나는 당신에게 기회를 주는 거야, 생애 다시는 오지 못할 천운 같은 기회를."

"기회라, 별로 달갑지 않군요."

제시라는 저의 제안에도 대남이 대수롭지 않게 거부 의사를 표시하자 미간을 찌푸렸다.

"내가 만약 담록의 왕좌에 오르게 된다면 방금 내가 했던 제안을 받아들이지 않은 것에 대해 땅을 치고 후회하게 될 텐데?"

"후회할 이유가 뭐가 있겠습니까."

대남은 제시라를 향해 확신에 가득 찬 눈으로 말했다.

"담록이라는 그릇도 제 성에 차질 않는데."

"하."

제시라가 나지막이 탄식을 토해냈다.

담록도 자신의 그릇을 담기에는 부족하다니. 제시라의 얼굴은 분노로 얼룩지기보단 흥미로움이 감돌고 있었다. 만약 다른 이가 이러한 발언을 했더라면 정신 나간 소리라 치부했을 터지만 대남은 달랐기 때문이다.

"설마 담록의 경영 실적을 알고도 하는 이야기야?"

"모를 리가 있겠습니까, 이번 사건을 수사하면서 담록이라는 그룹에 대해 아주 자세히 알게 되었죠."

"담록은 앞으로 더욱 많은 가지를 뻗어 나갈 테고, 대한민국 심부 깊숙이 뿌리내릴 테지, 언젠가 오늘의 선택을 후회하게 되는 날이 올 거야."

제시라의 말에 대남은 그저 입가에 미소를 지을 뿐 대답하지 않았다. 그 모습에 제시라는 고개를 저어 보이고는 등을 소파에 더욱 깊숙이 기대었다.

그녀는 능숙하게 담뱃갑에서 담배 한 개비를 꺼내 입에 말아 물고는 물었다.

"오늘 검찰에 소환되는 사람이 둘 중 누구야?"

"제서현 씨입니다."

"서현이라……."

제시라는 말끝을 흐리며 눈을 지그시 감았다. 뿌연 담배 연기가 천장에 닿을 때쯤 그녀는 다시 눈을 반개하고는 입을 열었다.

"제서현을 만만하게 봐선 안 될 거야, 감정이 조금 앞선 것처럼 보이긴 해도 담록호텔의 주인이자 소리 없는 전쟁터 같은 이 재벌가에서 오랫동안 버텨온 아이니까 말이야."

"호랑이 아버지 밑에서 거액의 횡령도 마다하지 않았으니 그 담력이 얼마나 클지는 대충 알고 있습니다. 설마 그 말을 하려고 여기까지 온 건 아니시겠죠?"

"겸사겸사해서 온 거야, 물론 내 계획은 수포로 돌아갔지만."

제시라는 자리에서 일어나 창문 커튼을 열어젖히고는 창밖 풍경을 바라봤다.

가을의 정취와 함께 조금은 쌀쌀한 바람이 불고 있었다. 제시라는 여전히 창밖에 시선을 고정한 채 말을 이었다.

"담록의 영향력이 미치지 않는 곳은 없지, 검찰청이라고 해봐야 별반 다르지 않아. 난 어려서부터 검찰청의 인사들을 자주 대면해왔어. 그런데 언론에서는 정의와 신념을 부르짖으며 눈을 부라리던 검찰청 인사들도 전부 아버지 앞에서는 순한 양이 되더군. 왜인 줄 아나? 담록이라는 거대한 왕국은 법이 통하지 않는 곳이었으니까."

"치외법권(治外法權)."

"그래 치외법권이라는 말이 딱 어울리겠지. 그런데 그런 치외법권의 왕족에게 전혀 밀리지 않는 인물을 딱 한 명 봤어. 바로 당신이야. 뒷날은 생각 안 하고 무작정 지르는 것처럼 보이지만 여태까지 해왔던 일들을 생각하면 마치 계산된 나날의 연속인 것 같아 더 무섭게 느껴지지."

제시라는 담배를 테이블 위에 비벼 꺼뜨리고는 자리에서 일어나며 말했다.

"당신의 황금양은 어떤 곳이지? 막대한 재화를 벌어들이나?"

"재화라…… 그건 부수적인 일에 불과합니다."

"그럼?"

대남은 문 앞에 선 제시라를 향해 고개를 들어 보이고는 말했다.

"꿈을 이루어 줄 곳입니다."

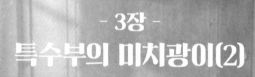

- 3장 -

특수부의 미치광이(2)

특수부 이명학 차장은 날이 지나면 지날수록 자신이 직접 데리고 온 대남이 마음에 들었다.

담록그룹의 성골들은 안하무인이라는 말이 어울릴 정도로 검찰에서도 쉽사리 손을 쓸 수 없는 존재들이었다. 소환은커녕 대면하기도 어려운 이들을 특수부에 소환시켰다니, 말 그대로 놀랄 노 자였다.

"자네는 이번 사건이 종결된 다음 무얼 할 생각인가. 다시 서부지검으로 돌아가려고?"

이명학은 대남을 향해 넌지시 물어보았다. 평검사로 있기에는 아까운 인물임이 분명했고 검찰청의 부장검사로 승진한다고 해도 아쉽기는 매한가지였다.

앞으로 중앙지검을 총괄하게 될 이명학의 입장에선 대남 같은 인물을 자신의 밑으로 포섭한다면 더할 나위 없이 좋을 것 같았다.

"사건의 종결을 말하기에는 아직 이른 것 같습니다만."

"크흠, 그렇지⋯⋯. 오늘 제시라가 다녀갔다면서? 조금 있으면 제서현도 출두할 시각이고 말이지."

"예."

대남의 대답에 이명학은 고민하는 기색이 역력했다. 과연 제서현이 대남의 말에 따라 진술을 응해줄지 의문이었기 때문이다.

특수부에 근무하면서 담록의 후계들을 마주칠 기회가 몇 번 있었다. 어떤 의미로 그들은 하나같이 선민사상을 지니고 있다고 봐도 무방했다.

"셋 중 과연 범행을 자백하는 이가 나타날까?"

"순순히 자백하지는 않을 겁니다. 확정적인 증거가 있다고 말하기는 했지만 거짓말이었단 것이 결국 들통날 테니 말이죠."

"그럼 어떻게 잡을 생각인가?"

대남은 짐짓 뜸을 들이고는 말했다.

"피해자의 목소리를 들어보면 되겠지요."

"뭐⋯⋯?"

피해자라고 한다면 이미 죽어버린 제일선 회장일 터인데.

이명학이 의문을 표명한 가운데, 대남은 그에 대한 대답을 내놓지 않고는 손목시계를 내려다보았다.

어느새 제서현의 검찰 소환 시각에 시침이 닿아 있었다.

제서현은 비밀리라고는 하지만 검찰 방문하는 것 자체가 극도로 꺼려졌다. 그녀의 얼굴에 씌워진 커다란 선글라스 렌즈 안으로 투영된 그녀의 표정은 그 어느 때보다도 짜증이 잔뜩 서려 있었다.

자신의 기분을 드러내기 싫은 듯, 조명이 그다지 많지 않은 특수부 조서실에 도착하고 나서도 그녀는 선글라스를 벗지 않은 채 다리를 꼬고 앉아 있었다.

"또 만났네? 좀 더 높은 급이 올 줄 알았는데."

제서현은 대남을 확인하고는 불편한 심기를 드러내며 말했다. 일전 연회장에서의 일로 대남에 대한 조사는 이미 마쳤을 터, 일개 평검사 하나가 자신을 조사한다는 사실에 그녀는 무척이나 어이없어했다.

"제서현 씨가 제일선 회장의 살해를 지시했습니까?"

"……!"

대남의 갑작스러운 물음에 그녀가 선글라스를 벗어 던지며 눈을 부릅떴다. 대남이 그 모습을 찬찬히 훑어보자, 그녀가 언성을 높였다.

"그게 무슨 말도 안 되는 소리야!"

"제서현 씨, 담록호텔과 담록장학재단의 이사를 맡게 되면서 거액의 횡령을 한 적이 있더군요. 검찰도 알고 있는 사실을 제일선 회장이 모를 리 없었을 테고, 망자의 생전 성정에 따르면 당신을 내치고도 남았을 테지요."

"……!"

제서현의 얼굴이 당혹으로 물들다 점차 분노로 변해갔다. 대남은 그녀의 얼굴이 붉어지는 것도 상관하지 않은 채 계속해서 말을 이어나갔다.

"검찰에서는 담록 내부의 문제라 치부해 법률적 문제를 유야무야 넘어갔지만 저는 그렇게 할 생각이 추호도 없습니다."

"뭐!"

평검사 하나에게 협박을 당했다는 사실 때문일까, 아니면 자신의 아버지를 거론해서일까. 제서현은 지금껏 보지 못했던 분노 어린 시선으로 대남을 쏘아보고 있었다.

그녀는 대남을 한참이나 노려보다 겨우 속을 갈무리하고는 입을 열었다.

"지금 네가 누구 앞에서 그런 망발을 지껄이고 있는지는 알고 있어? 언론에서 부패 권력가 몇 명을 잡아내니 영웅이라고 떠들어 댔겠지. 그래서 너무 환상에 취해 있는 거 아니야? 나 정도면 그 누구도 잡아낼 수 있을 거라고 말이지. 난 아버지의 죽음에 관여한 바가 없어. 아무런 증거도 없이 나를 범인으로 매도한다면 나도 더 이상은 가만히 있지 않겠어."

"제서현 씨는 죽음에 관여한 바가 없으시다."

대남은 제서현의 말을 곱씹으며 고민을 거듭했다.

"말의 어폐가 있는 것 같군요. 마치 누군가는 죽음에 관여했다는 말처럼 들리는데."

"……!"

제서현이 잠시나마 눈을 부릅떴지만 이내 다시 표정을 수습하고는 대남을 향해 말했다.

"그런 말장난을 하려고 오늘 날 이 자리에 부른 거라면 각오하는 게 좋을 거야. 연회에서 그날 우리한테 똑똑히 말했었지. 검찰에서 확정적인 증거를 찾아냈다고, 그렇다면 한시라도 빨리 범인을 잡아내면 될 문제인데. 이렇게 질질 끄는 이유가 뭐지? 혹시 우리한테 거짓말이라도 한 건가?"

"예, 거짓말이었습니다."

"허, 이런 미친."

제서현은 탄식을 터뜨리고는 자그맣게 욕지거리를 내뱉었다.

검찰 특수부에서 아버지의 죽음에 관한 확정적인 증거를 찾아냈다기에 혹시나 하는 마음이 생겼었다. 그런데 아니나 다를까 이 맹랑한 검사 놈의 거짓말에 불과했단다.

제서현은 더는 볼 것 없다는 듯이 자리를 박차고 일어났다.

"앉으세요."

멀어지는 제서현을 향해 대남이 나지막이 말했다. 그 목소리에 제서현이 등을 돌리고 혀를 찼다.

"이따위 조사를 받으라고 그 자리에서 세 치 혀를 놀려? 검찰 안에서 네놈 목소리가 얼마나 큰지 몰라도 나한텐 아니야. 이렇게 우리를 가지고 놀고서도 무사할 것 같나? 담록이 얼마나 무서운 곳인지 내가 뼈저리게 느끼게 해주지."

"우습네요."

"뭐?"

"당신에게도 해당될 수 있는 말 아닙니까?"

"뭐라는 거야!?"

"진범이 누구인지 밝혀지면……"

대남의 말에 제서현은 자리에서 멈춰선 채 고개를 돌렸다. 두 사람 간의 무언의 시선이 교환되었다.

제서현은 지금 당장 음습한 이 자리를 박차고 나가고 싶었지만 뒤이어 들려오는 말 때문에 그러지 못했다.

"당신도 무사하지 못할 텐데요?"

대남은 다시 제자리에 앉은 제서현을 향해 말했다.

"당신이 범인이라면 당연히 무사하지 못할 테고, 범인이 아니라고 해도 무사하지 못할 겁니다. 이미 알고 있겠지만."

"……"

"담록의 후계자 중 당신의 영향력이 가장 미미한 것은 이미 대외적으로도 알려진 사실입니다. 아무래도 제일선 회장은 자신의 장녀와 막내아들 둘 중 한 명에게 후계를 넘기려 했을 겁니다. 그래서인지 둘째인 당신에게는 장학재단과 호텔을 물려주었지요. 마치 더 이상 담록이라는 거대한 왕국을 탐내지 말라는 것처럼 말입니다. 그런데 이번 사건이 종결되고 난 뒤에도 당신 손아귀에 호텔과 장학재단이 남아 있을까요?"

대남의 말에 제서현은 침음을 삼켰다. 분명 자존심이 상하는 발언이기는 했으나 정황상 틀린 말이 아니었기 때문이다.

제서현의 입장에선 누구 하나가 확고히 후계 구도를 성립하는 것보다 지금처럼 경쟁 관계에 놓여 있는 것이 더 나았다.

아버지가 없는 작금의 상황이라면 자신도 후계자 중 하나로서 영향력을 가질 수 있기 때문에 제시라와 제강준 사이에서 저울질할 수 있다.

그런데 만약 유력한 후계자인 두 사람 중 한 명이 힘을 잃고 균형이 깨어지게 된다면 나머지 한 명에게 제서현 자신마저도 먹힐 가능성이 컸다. 분했지만 대남의 말은 사실이었다.

"이제 아시겠죠? 지금 그렇게 허리를 꼿꼿이 세우고 있을 입장이 아닐 텐데요. 제가 가장 먼저 제서현 씨를 검찰에 소환한 이유는 기회를 주기 위해서였습니다. 누가 범인인지 알아야 당신도 나머지 한 명에게 달라붙을 수가 있지 않겠습니까?"

"크흠."

대남의 말에도 그녀는 이렇다 할 반박을 할 수 없었다. 작금의 자신은 박쥐나 다름없는 것이 사실이었기 때문이다.

그런데 이러한 상황이 얼마나 지속될지는 미지수였다. 검찰에서는 아버지의 죽음에 관해 단서조차 찾지 못한 모양이었으니.

하나 그런 생각이 무색하게도 대남이 담담한 목소리로 되물었다.

"범인을 찾는 데 얼마나 걸릴 것 같습니까?"

1년? 2년? 아니, 자칫하면 영영 진실이 밝혀지지 않을 사건이다. 그만큼 인과관계가 복잡했고 유력한 용의 선상에 오른 자들이 하나같이 검찰에서 범접하기 어려운 인물들이었다.

대남의 물음에 그녀는 쉽사리 대답할 수가 없었다. 그 모습에 대남이 짧게 고개를 끄덕이고는 대신 말했다.

"일주일. 전 그 정도로 봅니다."

"……!"

범인을 찾아내는 데 일주일도 채 걸리지 않을 거라는 대남의 호언장담에 제서현이 두 눈을 부릅떴다.

제아무리 검찰 특수부라지만 사건의 진상을 밝히는 데는

역부족이라고 생각했었다. 그러나 지금 대남이 거짓말을 하는 것 같지는 않았다. 그는 오히려 지금 이 상황을 예상이라도 했다는 듯이 아주 여유로워 보였다.

"협조하실 겁니까?"

대남의 물음에 제서현은 마른 입술을 쓸어 보였다. 바짝 긴장해 초조한 기색이 얼굴에 역력했다. 그녀는 짐짓 뜸을 들이다 결심한 듯 겨우 입을 뗐다.

제서현이 다녀간 뒤 이명학은 창밖의 풍경을 바라보며 휘파람을 불었다. 의기양양하게 등장했던 제서현이 돌아갈 때는 어깨가 축 늘어져 죽상을 하고 급히 도망치듯 빠져나가는 게 눈에 보였기 때문이다.

"무슨 수로 제서현을 구워삶은 거지?"

비밀리에 이뤄지는 특수부의 검찰 조사 같은 경우 VIP를 대상으로 하는 경우가 대다수였기에 녹취와 녹화는 없는 상태에서 이뤄지는 것이 관례였다. 조서실에서 벌어진 일련의 일들을 모르는 이명학 입장에서는 무척이나 궁금할 만한 내용이었다.

"역린을 건드렸을 뿐입니다."

"역린이라……."

담록그룹의 후계자 중에서도 최약체로 인식되는 제서현이었기에 그녀의 역린이 무엇인지는 대충 가늠이 되었다.

하지만 역린을 알고 있다 한들, 그것을 면전에서 대고 건드릴 수 있는 배짱의 사람이 검찰청에 존재할까. 담록의 성골 중에서 서열이 낮을 뿐, 사회적 입지로 따지자면 그녀 또한 쉽게 건드릴 수 없는 재벌 경영인이었다.

"혹 그들이 두렵지는 않나? 이빨 빠진 호랑이라곤 해도, 호랑이 새끼가 개새끼가 되는 건 아니니 말이야."

"차장님께서 원하셨던 게 이런 거 아니었습니까."

차장은 대남의 물음에 외려 웃어 보이고는 고개를 끄덕였다.

"맞아, 미친놈."

특수통 이명학 또한 한때 검찰청의 이단아라 불릴 때가 있었다. 전통적인 수사 방법과 관례, 관행을 따지지 않고 수사를 자행했으며 정·재계 거물들에게도 성역 없는 수사의 잣대를 드리웠었다.

미친 황소처럼 물불 가리지 않고 일 처리를 해낸 덕택에 특수통의 자리에까지 오를 수 있었는지도 모른다.

그러나 중앙지검장을 목전에 둔 지금에 와서는 순한 양이 되었다. 떨어지는 낙엽도 조심해야 할 판국이었기 때문이다.

대남은 제일선 회장의 사건을 해결하기 위해 부른 키 카드였지만 어찌 보면 저의 젊을 적을 보다 선명하게 투영해 낸 이

같아 입맛이 썼다.

"특수통 자리는 어때?"

이명학의 갑작스러운 말에 대남의 얼굴에 의아함이 떠올랐다.

"특수부는 검찰 내 가장 강성으로 알려진 분류의 집단이지, 그 누구에게도 고개를 숙이지 않고 앞만 정진해 나가니 말이야. 자네와 턱 어울리지 않나, 뒤돌아보지 않는 성정이 말일세."

임시로 특수부에서 근무를 하는 것이 아닌, 정식으로 특수부에서 일을 해보지 않겠냐는 우회적인 이명학의 제안에 대남은 고개를 저어 보였다.

"특수부는 저와 어울리지 않습니다."

이명학은 저의 끈질긴 제안에도 대남이 거절을 표시하자 헛웃음을 자아내 보였다.

전국 검찰의 검사들은 너 나 할 것 없이 중앙지검, 대검찰청 특수요직에 가고 싶어 안달이 나 있다. 검찰의 꽃이라 불리는 중수부, 검찰 권력의 발판이 되는 특수부의 경우에는 그 선호도가 천정을 치솟을 지경이었다.

그중에서도 특수부의 실세라 평가되는 자신의 제안을 뿌리칠 수 있는 검사가 과연 전국에 몇이나 될까.

"무엇이 어울리지 않는다는 말인가?"

대남의 완강한 태도에 이명학이 신물이 난 듯 물었다.

"특수부는 그 누구에게도 고개를 숙이지 않는다고 하셨는데."

대남은 고개를 들어 이명학을 직시하며 나직이 말했다.

"제가 보기엔 글쎄요."

"……!"

"특수부를 탓하자는 게 아닙니다. 검사가 검사로서 꿋꿋이 살기엔 갑갑한 세상이니 어쩔 수가 없는 거겠지요."

대남은 그렇게 말을 끝마치고는 자리에서 일어났다.

제서현이 검찰 조사를 받은 후 이틀이란 시간이 흘렀다.

대남은 금일 중앙지검을 방문할 담록의 후계를 생각하며 골똘히 고민을 거듭하고 있었다.

일전의 제서현은 자신의 욕망을 지키기 위해서라면 누구든 가리지 않고 협력할 인물이었지만 이번 소환 대상자는 달랐다.

바로 자신의 욕망을 위해서라면 무슨 짓이든 저지를 위인이었기 때문이다.

'제강준……'

대남은 나지막이 용의자의 이름을 뇌까렸다. 제시라와 더불어 실질적인 담록의 후계자, 제일선 회장이 살아 있었더라면 둘 중 한 명이 담록의 주인이 되었을 터였다.

그러나 정확히 후계 구도를 성립하지 않은 상태에서 주인이 사라졌기에 그야말로 무주공산이나 다름없는 담록을 차지하려는 그의 야망은 그 무엇과도 비교할 수가 없을 것이었다.

"왔군."

대남이 골똘히 생각에 잠겼을 때, 중앙지검의 뒷문을 통해 제강준이 경호원들을 대동한 채 들어서는 모습이 포착되었다.

특수부 조서실에 앉아서 대남을 기다리는 제강준의 모습은 제서현과는 상반되어 보일 정도로 편안해 보였다.

대남의 모습을 마주할 때까지도 감정이 고조한 모습을 찾아볼 수가 없었다. 제강준은 대남을 향해 미소 지으며 말했다.

"뭐, 피차 바쁘기는 마찬가지니 빨리 시작합시다."

용의 선상에 오른 인물이 도리어 검사에게 검찰 조사를 채근하는 모습이 어색해 보일 만도 하건만 제강준은 마치 조서실이 자기 집 안방이라도 되는 양 여유로운 태도를 고수하고 있었다.

그 모습에 대남이 물었다.

"검찰에 증거가 없다고 확신하시는 모양이십니다?"

"검사 양반이 거짓말을 했다고 생각은 했어. 못 배워먹고 천하게 자란 놈들이 거짓말을 하는 경우야 심심찮게 봐왔으니 새삼 놀랍지도 않고 말이야. 참, 이렇게 말하면 명색이 검찰의 엘리트인 김대남 검사께서 기분이 나쁘시려나?"

제강준은 정보원들을 이용한 듯 이미 대남이 일전에 연회장에서 했던 발언들이 공수표라는 사실을 알아채고 있었다. 오히려 대남을 향해 조소를 날리는 모습이 이 자리를 고대하고 있었던 인물과도 같이 비쳤다.

"제강준 씨는 아직도 아버지인 제일선 회장님이 살해당한 게 아니라고 생각하십니까?"

"아버지는 분명 지병과 합병증을 앓다 노화에 의해 돌아가신 것뿐인데 다들 아는 사실을 괜히 나한테 되묻는 이유는 뭡니까? 설마 아직도 우기려 드는 거요? 누나가 그렇게 주장한다고 해서 나마저도 그 사실에 동조할 까닭은 없지."

제강준은 제일선 회장의 죽음이 타살이라는 사실을 여전히 부인했다. 하지만 대남은 고개를 저어 보이며 말했다.

"제일선 회장은 분명 살해당했습니다. 흉기를 사용하지 않은 음독에 의한 살인이기에 외상은 없었지만 그의 손끝과 발끝은 사후에 천천히 보랏빛으로 물들어갔고 부검을 끝낸 후에 밝혀낸 법의학자의 소견에 따르면 장기간에 걸쳐 독이 온몸에 퍼졌다는 정황이 있었습니다."

"약재의 부작용이라고 생각할 수도 있는 거잖아? 아버지는 평소에도 몸에 좋다는 한약은 가리지 않고 드셨으니 말이야. 그러니까 내가 한의학 말고 양약(洋藥)을 선호하라고 그렇게 말씀을 드렸었는데. 다 자업자득이신 게지."

아버지의 죽음에도 그는 의연해 보였다. 아니, 오히려 슬픈 기색 하나 없이 말하는 토가 일면식이 없던 사람의 죽음을 이야기하는 모습처럼 보였다.

음독 살해라는 단어가 말도 되지 않다는 양 혀를 차는 제강준을 향해 대남이 되물었다.

"담록물산의 경영 실적이 악화일로를 걷고 있는 것으로 보이던데 말입니다. 흑자를 갱신했던 담록물산이 수 해 들어 적자를 면치 못하는 이유를 물어봐도 되겠습니까?"

"……!"

대남이 갑자기 저가 맡아 운영하는 담록물산을 거론하자 제강준의 여유롭던 눈꼬리가 일그러지며 미간이 찌푸려졌다.

"아버지의 죽음에 대해 조사를 한다고 하더니만, 여기서 담록물산이 왜 나오는 거지?"

날짐승이 경계 섞인 울음을 토해내듯 제강준이 낮게 그르렁거렸다.

"그 또한 제일선 회장의 죽음과 관여가 되어 있으니까요."

담담한 대남의 목소리에 제강준이 눈을 부라렸다. 하지만 이내 표정을 수습하고는 혀끝에 힘을 준 채로 말했다.

"도대체 무슨 상관관계."

"담록물산의 경영 실적이 나날이 악화되는 모습을 보고 제일선 회장은 더 이상 제강준 씨에 대한 기대를 저버렸는지도 모릅니다. 그 결과 후계 구도에서 밀려날 것을 염려한 제강준 씨가 일을 저지른 것이 아닐까 하고 말이죠. 재벌가는 말 그대로 피도 눈물도 없는 곳이 아닙니까?"

"……!"

대남의 직설적인 화법에 제강준이 참다못해 주먹을 말아 쥔 채 테이블을 내리쳤다.

그의 목에는 핏대가 서 있었다. 과연 아버지의 죽음을 대남이 저의 잣대로 해석해서일까, 아니면 다른 이유 때문일까.

"물론 저의 주관적인 견해이니 그리 마음 쓰지 않으셔도 됩니다."

"내가 다시 한번 더 똑똑히 말할 테니 귓구멍 열고 잘 듣길 바라. 아버지는 지병 때문에 돌아가신 거고 거기에 난 아무 관계도 없어. 그런 말도 되지 않는 이야기를 지껄일 바에는 검사가 아니라 소설가를 하는 게 더 적성에 맞아 보이는데 말이지. 이 쓰레기 새끼야."

"소설가라, 현실은 영화보다 더욱 잔인하며 소설 속에 나오는 이야기는 순화되었다 생각이 들 만큼 역겹습니다. 자, 마음 가라앉히시고 지금부터 제가 말하는 한 가지 일화를 잘 들어 보시죠."

대남은 분노한 제강준을 마주하며 천천히 말을 이었다.

"헌정 이래 재벌가에서 벌어진 살인 사건에 대한 법원 판결을 알고 있습니까."

"내가 알아야 하는 사실인가."

"모르면 내가 말해드리죠. 유신정권 이후 철강사업을 이어나가던 경북지역의 부호 집안에서 유산상속을 둘러싸고 장남이 아버지를 살해한 사건이 있었습니다. 장남은 아버지가 망나니 같은 장남 말고 유능한 차남에게 기업을 물려주려 한다는 사실에 계획 살인을 저질렀죠."

계획 살인이라는 말에 제강준이 뜨끔한 표정을 지어 보였다. 대남의 이야기는 계속되었다.

"갑작스레 아버지가 돌아가시니 철강사업의 주도권은 자연히 장남에게로 집중되었습니다. 장남은 뛸 듯이 기뻐했지요. 계획 살인이 성공했음은 물론이고 기업을 온전히 자신이 차지할 수 있게 되었으니 말입니다. 그런데 사건은 하나의 변곡점을 맞이하게 됩니다. 바로 돌아가신 아버지의 유언장이 발견된 것이죠, 그것도 차남의 손에서."

"……!"

"차남이 공개한 아버지의 유언장은 자신의 사후 모든 철강사업의 지분을 차남에게 양도한다는 내용이 담겨 있었습니다. 장남은 당연히 반발을 일으켰죠, 유언장의 내용을 부정함은 물론이고 유언장이 사실이라고 할지라도 재산상속비율에 따른 법정 근거를 대며 유언장 자체가 말도 되지 않는다 주장했습니다."

대남은 천천히 고개를 끄덕여 보였다.

"장남의 말은 틀린 것이 없었습니다. 법적 양식에 따라 작성된 유언장이라 할지라도, 유언장의 내용에 모든 재산을 차남에게 양도한다고 쓰여 있었더라도 직계존속이었던 장남의 경우 일정량의 법정 상속비율을 주장할 수가 있었기 때문입니다. 그런데 사건은 또 하나의 반전을 맞이하게 됩니다. 바로 장남이 아버지를 계획 살인했다는 사실이 들통난 것이죠. 이 역시 차남의 손에 의해."

"……!"

"어떻게 되었을 것 같습니까? 본래라면 재산을 일정량 상속받을 수 있었던 장남은 존속살해죄가 적용되어 법정 최고 형량을 선고받았음은 물론이고 부호의 자식에서 한순간에 지옥의 낭떠러지로 떨어지게 되는 결말을 맞이하게 되었죠."

"……."

"제가 지금 왜 이런 말을 하는지 아십니까?"

제강준은 표정을 수습하고는 대남을 노려보았다. 하지만 이어지는 뒷말에 그는 믿기지 않는다는 눈으로 자리에서 벌떡 일어났다.

"바로 제일선 회장의 유언장이 존재하기 때문이죠."

"······!"

자리에서 벌떡 일어난 제강준의 얼굴은 경악으로 물들어가고 있었다. 그는 믿지 못하겠다는 듯 두 눈을 부릅뜬 채 대남을 노려보다 결국 입을 열었다.

"아버지는 살아생전 법무팀의 닦달에도 불구하고 유언장을 만들지 않으셨던 분이야. 자신이 이토록 정정한데 후계자가 다 무슨 소용이냐며 담록을 손아귀에 꼭 쥐고 내려놓을 생각이 조금도 없으셨던 양반이었지. 게다가 언제나 담록의 주인 자리를 굳건히 지키셨으니 자신이 그렇게 허망하게 갈 줄은 몰랐을 테지. 그런데 뭐? 유언장이 존재한다고? 그따위 개소리를 지금 나한테 믿으라는 건가."

제강준의 이맛살이 거세게 찌푸려졌다. 그는 눈가에 핏대를 세운 채 대남을 노골적으로 노려보고 있었다. 대남은 제강준의 시선을 담담히 받아내며 말했다.

"제일선 회장은 살아생전 완벽주의자에 가까울 정도로 철두철미한 성격을 지니고 있었습니다. 그가 끝내 유언장을 만들지 않았던 것도 하나의 계획에 불과했을 것이라고는 생각지 못하셨습니까?"

"······!"

"유언장은 실존합니다. 더 이상 이야기를 듣기 싫으시다면 이만 물러가셔도 좋습니다."

검찰 조사를 파하겠다는 대남의 발언에 제강준이 고민을 거듭했다. 그의 얼굴에는 수만 가지 생각이 물 흐르듯 스쳐 지나가고 있었다.

과연 대남의 말이 사실일까, 아니면 일전의 연회장에서와 마찬가지로 공수표에 불과한 것일까. 담록의 성골 앞에서 거짓말을 할 수 있는 이가 있다고는 생각하지 않았지만 대남은 이미 한 번 전력이 있었다.

"그럼, 유언장이 어디 있지? 당신 말대로 존재한다면 내가 몰랐을 리가."

"현재 어디 있는지는 말씀드릴 수가 없습니다."

"뭐?"

대남의 대답에 제강준의 얼굴이 붉으락푸르락해졌다. 마치 말장난을 하는 것 같은 일련의 상황에 제강준은 낮게 으르렁거렸다.

"지금 나랑 장난이라도 하자는 건가?"

"제가 감히 장난을 칠 리가 있겠습니까. 거래를 하자는 겁니다."

"거래?"

"제일선 회장이 남긴 유언장을 저희 특수부에서 습득한다면"

대남은 담담하고도 낮은 어조로 계속해서 말을 이어나갔다.

"무엇을 주시겠습니까?"

갑작스레 대남의 입에서 '거래'라는 단어가 튀어나오자 제강준의 표정이 곧바로 바뀌었다. 제일선 회장의 핏줄이 어디 가는 것은 아닌지 장사치로서의 기본적인 제안을 해왔다.

"무엇을 원하지? 만약 당신의 말이 사실이라면 원하는 것은 무엇이든 해주지."

대남의 말이 공수표가 아닌 사실이었고 후계자인 저마저도 모르는 유언장이 세상에 존재하고 있다면 그야말로 엄청난 파문을 일으킬 만한 문건이다.

유언장 내용의 유불리를 떠나 다른 후계자들을 대비해 미리 습득할 수만 있다면 그야말로 담록을 차지하는 일의 비책을 얻은 격이 될 터, 더불어 특수부와 연결점을 만들어 놓는 것도 나쁘지 않은 수였다.

"유언장의 가치를 어떻게 보십니까?"

"가치라, 그 내용이 어떤가에 달려 있겠지."

"유언장의 내용은 간단명료했습니다."

"유언장의 내용을 봤어?!"

대남이 짧게 고개를 끄덕여 보였다.

그 모습에 제강준의 눈꼬리가 묘하게 휘어졌다. 한편으론 아직도 의심의 끈을 놓지 못하고 있는 듯했지만 또 다른 쪽으로는 유언장의 내용이 궁금해 미치겠다는 표정이었다.

"제일선 회장은 유산의 배분에 관해 후계자 단 한 명만을 지목했습니다. 그렇게 되면 법적 효력에 근거해 다른 두 명에겐 일정량의 재산만 가게 되겠죠. 후계자가 받게 될 담록이라는 왕국에 비하면 초라하기 그지없는."

"그게 누군데!"

제강준의 다급한 외침에 대남이 나직이 단언했다.

"당신은 아니었습니다."

"……!"

제강준은 충격에 빠진 표정이 되었고 종국에는 분노로 얼굴이 일그러졌다. 대남의 말의 진위를 떠나 후계자가 자신이 아니었다는 말을 남에게 들으니 기분이 좋을 리 만무했다. 대남은 그러한 제강준을 바라보며 천천히 운을 띄웠다.

"그럼, 거래를 시작해 보죠."

제강준이 다녀가고 난 뒤, 이명학이 대남의 집무실로 찾아왔다.

"어떻게 되었어."

이명학의 물음에 대남은 대수롭지 않다는 듯 대답했다.

"예상대로더군요."

"예상대로라면……."

이명학의 입가에는 옅은 미소가 피어올랐다. 자신이 데리고 온 대남이 맡은바 최선을 다해 성실히 임해주고 있었기 때문이다. 성실하기만 하겠는가. 대남이 아니었다면 이토록 완벽하고 대담하게 사건 처리를 할 수 없었을 터였다.

"사건의 진상은 밝혀졌나? 보고서대로면 아직도 안개 속에서 헤매는 중인 것 같던데 말이야."

"누가 만든 안개인지가 중요하겠지요."

대남의 대답에 이명학의 머리 위로 의문이 떠올랐다. 궁금해하는 이명학을 향해 대남은 고개를 돌리고는 말을 이었다.

"며칠 전, 제시라가 찾아와 제일선 회장의 유언장이 존재한다고 밝혔습니다."

"뭐……!"

이명학이 놀라 자리에서 벌떡 일어났다. 하지만 제강준과 마찬가지로 이내 믿지 못하겠다는 기색이었다.

특수통인 자신과 제시라는 과거부터 안면이 있던 사이였고 이번 사건 또한 전적으로 특수통인 자신을 믿고 맡긴 것이나 진배없었다. 그런데 자신도 모르는 회장의 유언장이 존재한다니, 첫 말만 듣고는 영 신뢰가 가지 않았다.

"그 사실을 방금 다녀간 제강준에게도 전했죠. 유언장이 존재한다고 말입니다."

"……!"

이명학은 또 한 번 놀랄 수밖에 없었다.

"그걸 왜 말한 건가?"

"거래를 하기 위해서였습니다."

"거래라고? 제강준이 그 말을 쉽게 믿을 리 없을 텐데."

제강준은 대남의 말을 반신반의하는 눈치였지만 마지막에 던진 '당신은 아니었습니다'라는 말 한마디 덕분에 미끼를 덥석 물어버리고 말았다.

정말로 유언장이 존재하고 대남의 말처럼 내용이 그러했다면 제강준의 입장에서는 유언장을 차지하려 안달이 날 수밖에 없었기 때문이다.

"믿을 수밖에 없었고, 타당한 대가를 보상하겠다고 하더군요."

"허. 그런데 그 사실을 정말 왜 말한 건가, 수사를 하는 데 오히려 방해만 될 터인데."

이명학은 대남의 노림수가 이해되지 않았다. 설령 제시라가 밝힌 유언장의 진위가 사실이라 하더라도 제강준에게까지 그 사실을 알리는 것은 자칫 수사에 혼선을 빚을 수도 있는 문제이기 때문이다.

대남은 걱정스러워하는 이명학의 모습에 머리를 긁적이며 되물었다.

"차장님은 이상하지 않으셨습니까, 이번 사건."

대남의 물음에 이명학의 얼굴에 한 가지 빛이 스쳐 지나갔다. 대남은 그 모습을 보며 담담히 말을 이었다.

"제시라는 애초에 이번 사건을 해결하고자 특수부에 맡긴 것이 아닙니다."

"그럼……?"

"제거하기 위해서이죠."

제거라, 무엇을 위한 제거를 말하는 것일까. 이명학의 얼굴이 곤혹스럽게 변해가는 가운데 대남이 천천히 입을 열었다.

"담록이라는 거대한 왕국의 후계들을 제거하기 위해서란 말입니다."

"……!"

"이미 제시라는 진범이 누구인지 알고 있는 상황이었습니다. 자체적으로 수사를 끝마친 뒤 유언장마저도 제시라 본인이 가지고 있는 상태였죠. 제일선 회장이 자신의 후계로 선택한 사람은 다름 아닌 장녀, 제시라였으니까요."

"그, 그렇다면 회장의 사후 곧장 유언장을 공개하는 것이 더 나았을 텐데?"

이명학의 말대로 회장이 어떠한 이유로든 죽음을 맞이한 직후 유언장을 곧장 공개했더라면 담록그룹이 제시라의 손아귀에 들어오는 것은 정해진 수순이었을 것이다. 아마도 범인은 회장이 유언장을 남겼다는 사실을 알지 못하는 자였을 테니

말이다. 그야말로 무혈입성이나 다름없었다. 하나 대남의 생각
은 달랐다.

"제시라는 담록이라는 거대한 왕국을 온전히 자신의 것으
로 만들려고 합니다. 유언장의 내용이 공개되고 실행된다면
나머지 두 명의 후계자에게도 일정량의 유산이 상속됩니다.
하지만 범인을 잡아낸다면 그 몫마저도 한 명 줄일 수 있게 되
겠죠. 또한 향후 담록 경영권에 대한 잡음을 원천봉쇄할 수 있
게 됩니다."

"허."

이명학은 놀라 입이 다물어지지 않았다. 재벌 가문에서 벌
어지는 비화야 특수부에 있으면서 숱하게 들어왔었다.

담록그룹의 회장이 돌연사한 것에도 어떤 흑막이 존재할 것
이라 막연히 생각은 했었지만 자신에게 사건을 알려온 제시라
가 그러한 흑막을 모두 알고 이용하고 있었다는 사실에 경악
을 금치 못했다.

"지금에 와서 이 사실을 내게 말하는 이유가 뭔가, 제시라가
애초에 내게 말하지 않았다면 그만한 이유가 있었을 텐데."

"제시라는 이명학 차장님을 믿습니다. 하지만 특수통 이명
학은 믿지 못하는 게 사실이지요. 아무래도 대검찰청과 밀접
한 관계가 있고 향후 중앙지검장으로 내정되신 분이니 혹여나
자신의 말이 밖으로 발설될까 염려했을 겁니다."

"그럼 지금은."

"사건을 해결해야 할 시간이 다가왔다는 것이겠죠. 하지만 전면적으로 나서야 할 사람은 제시라 사장이 아닌 검찰 특수부가 돼야 할 터, 이제 차장님이 전면으로 나서실 시간이 다가왔습니다."

이명학은 대남의 말에 눈앞이 아찔해졌다. 여태껏 대남에게 제일선 회장의 사건을 전적으로 맡겼던 이유는 그가 출중하기도 했지만 이명학 본인의 앞날에 누가 되는 일이 없기를 바라셨었다.

혹여나 사건이 틀어지게 된다면 중앙지검장으로 가는 길이 요원해질 수도 있는 일이었기 때문이다.

"범인은 누구인가."

"제강준입니다."

"역시."

예상했던 대로였다. 제강준은 제시라와 마찬가지로 가장 유력한 담록의 후계 구도 중 한 명이었다. 제서현이야 눈치를 보며 이리 붙었다 저리 붙었다 하는 박쥐에 불과했고 말이다.

"결국 자신이 후계 구도에서 밀려날 것을 염려한 제강준이 아버지를 음독 살해한 것이 되는군."

나지막이 뱉어내는 이명학의 말을 대남은 딱히 부정하지는 않았다. 복잡해 보이는 사건일수록 해답은 간단명료했기 때문이다.

제일선 회장은 막대한 부를 이뤄냈지만 결국 그러한 부 때문에 자식의 손에 죽임을 당했다. 인생사 새옹지마라는 말이 딱 맞아 떨어졌다.

"하지만 제시라 또한 범법을 저지른 것은 마찬가지입니다. 담록그룹을 온전히 차지하기 위해 저지른 불법 상속은 처벌받아 마땅한 것이겠지요. 이번 일은 앞으로 담록과 검찰 특수부 사이의 향후를 결정짓는 문제나 다름없습니다."

"향후라."

"결과적으로 보자면 위법의 경중은 다르나 담록그룹의 후계자 중 그 누구도 온전히 법을 지킨 사람은 없습니다. 만약 제시라의 말에 따라 이대로 특수부가 제강준을 존속살인죄로 체포하고 제서현을 압박한다면 특수부는 과거의 영광을 잊고 제시라의 꼭두각시로 전락하게 될 것입니다."

이명학은 대남이 말하는 의미를 모르지 않았다. 하지만 상대는 제시라였다. 만약 앞선 내용대로라면 제시라가 담록그룹의 새로운 주인이 되는 것은 시간문제였다.

그러한 제시라를 향해 법률의 잣대를 들이민다는 것은 사회적 자살을 의미하는 것이나 다름없었다.

"담록의 후계자들을 전부 잡을 수 있겠나."

"제 생각대로라면 가능할 겁니다. 담록그룹 자체는 무너지지 않겠지만 셋 다 서로로 인해 처벌받게 될 겁니다."

대남의 말에 이명학은 눈을 지그시 감아 보였다. 이명학은 눈을 감은 상태로 담담하고 낮은 어조로 말했다.

"나이를 먹다 보니 겁이 생기고, 시야가 흐려진 탓이겠지. 제 시라가 나에게 아버지의 시신을 보관해 달라 찾아왔을 때부터 의심해 봤어야 했는데 말이야. 특수통이라는 이름이 부끄럽군……."

"……."

"그래, 중앙지검장이 무슨 소용이겠나. 그동안 자네를 보면서 마음속에 여러 가지 생각이 들었네. 처음 검사 임명장을 받고 검찰에 들어섰을 때를 시작해서 특수부에서 내 이름을 날렸을 때가 떠오르더군. 어느새 나이를 먹고 나니 검사로서의 삶이 무색하게 느껴지기도 했는데, 이젠 아니야."

이명학은 천천히 눈을 떠 보이며 단언했다.

"특수통이 뭔지 보여주지."

자, 미치광이의 출전이다.

이명학은 '특수통'이라는 자신의 별칭이 무색하지 않을 정도로 젊은 시절 수많은 사건을 해결해왔다. 하나 언제부터였을까, 특수통보다는 중앙지검장이라는 직함이 더 끌렸었다. 성역 없는 수사를 펼치기는커녕, 검찰 내에서도 줄타기와 눈칫밥으로 살아남아야만 한다는 사실을 깨달았기 때문이었는지도 모른다.

"내가 자네를 처음 보았을 때 뭐라고 했는지 기억나는가."

"미친놈이라고 하셨었죠."

대남의 직설적인 대답에 이명학은 입가에 슬며시 미소를 띠어 보였다.

김대남이란 인물은 현 검찰의 잣대로는 평가할 수 없는 인물이다. 그동안은 법치국가라 할지라도 법률의 크기는 상대에 비례한다는 생각을 가지기도 했었다. 하지만 대남은 평검사임에도 불변의 진리인 '법률 아래 그 누구나 평등하다'는 사실을 깨닫게 해준 진짜 검사였다.

"과거 특수부에 처음 들어왔을 때만 해도 사람들이 내게 그랬지, 미친놈 같다고 말이야. 난 그 말이 싫지가 않았어. 그런데 세상에 너무 찌들다 보니 과거의 영광을 잊고 현재의 안위에 취해버렸군. 자네에게 조언을 좀 얻고 싶은데 해줄 수 있겠나?"

대남이 담담히 짧게 고개를 끄덕여 보이자 이명학이 자세를 고쳐 앉고는 물었다.

"자네의 관점으로 생각했을 때 지금 이 시점에 담록그룹의 후계들을 끌어낼 수 있는 묘책은 무엇이겠나?"

"제시라는 이미 자신의 승리를 확신한 상태입니다. 설령 경영권 승계가 끝나지 않은 상태에서 회장의 죽음이 세상에 밝혀진다 해도 온전히 담록을 차지할 수 있다는 자신감이 가득

들어차 있는 상태죠. 그렇기 때문에 이토록 과감할 수 있는 것 아니겠습니까?"

"그렇단 말이지."

이명학의 얼굴에는 고민하는 기색이 역력했다. 상대가 상대 이니만큼 섣불리 나설 수 없었다. 제시라 또한 그 사실을 알기에 이번 사건을 검찰에 맡긴 것이다.

담록이라는 거대한 왕국을 상대로 과연 자신이 할 수 있는 게 있을까, 특수통의 고민은 더욱 깊어지는 가운데 대남이 입을 열었다.

"뭘 그리 고민하십니까?"

대남은 이명학의 눈동자를 직시하며 말했다.

"조금 전 특수통이 무엇인지 보여준다 하지 않았습니까, 과거 이명학 차장님이었다면 이러한 사건을 맞닥뜨렸을 때 어떻게 하셨겠습니까."

"그거야……"

이명학은 뒷말을 잇지 않고 집어삼켰다. 특수통의 모습을 보여주겠다고 호언장담했건만 어느새 제자리걸음을 반복하고 있었다. 다시 지금의 이명학으로 도돌이표를 찍은 것이었다.

이명학은 대남 덕분에 머리가 차갑게 식어가는 기분을 느낄 수가 있었다. 과거의 자신이었더라면, 미치광이라 불리며 특수부를 종횡무진했던 그때라면 어떻게 했을까, 기억을 돌이

키지 않아도 이미 몸이 자리에서 일어나고 있었다.

이명학은 대남을 스쳐 지나가며 말했다.

"고맙다, 미친놈."

검찰 소환 마지막 날, 제시라가 중앙지검에 모습을 드러냈다.

그녀는 이전과 마찬가지로 검찰청 특수부를 찾는 일에 거리낌이 없었다. 짙은 선글라스를 낀 채 조서실로 들어서는 그녀의 입가에는 미소가 만개해 있었다. 검찰 조사를 받으러 온 것이 아닌 마치 한가롭게 마실이라도 나온 모습이었다.

"어때, 잘 지냈어?"

제시라는 대남의 맞은편에 앉으며 그렇게 말했다. 그녀의 말속에는 단순한 대남의 안부를 묻는 것이 아닌 많은 의미가 숨겨져 있었다. 대남 또한 그 사실을 모르지 않는지 천천히 고개를 주억거리며 대답했다.

"꼭 나쁘게 지내야 할 이유라도 있는 것처럼 들리는군요."

"여전해서 좋다니까. 어때, 강준이가 순순히 자백해?"

제시라의 물음에 대남은 고개를 저어 보였다. 그녀도 그럴 줄 알았다는 듯이 담담한 표정이었다.

"아버지를 음독 살해한 것을 아직도 인정하지 않았다니. 나

중에 밝혀지면 국민들의 원성이 더욱 클 텐데, 담록그룹이 탐나 친부를 죽인 비정한 자식이라며 말이야. 이러니까 재벌들이 욕을 먹지. 안 그래?"

제시라는 당신의 아버지에 관련한 사건임에도 불구하고 마치 재미난 가십거리라도 이야기하는 것처럼 아무렇지 않아 보였다.

남들이 본다면 충분히 괴리감이 느껴졌을 만한 모습이었지만 대남은 그녀가 속내를 잘 드러내지 않는 성격임을 알기에 대수롭지 않게 받아넘겼다.

"비정한 자식이라고 하면 제시라 씨도 빠지지 않지 않는 것 같은데. 아버지가 돌아가신 지 보름이 지나가고 있는 시점에 장례는커녕, 시신을 특수부 지하 영안실에 안치해 두었죠."

"뭐?"

제시라는 잠깐 미간을 찌푸렸다 이내 풀어 보였다. 대남의 노골적인 말에도 제시라는 화를 내기는커녕 오히려 대남을 흥미롭게 바라보았다.

"볼수록 탐이 난단 말이야, 정말 내 밑에서 일해 볼 생각 없어? 상황이 이쯤 되면 앞으로 전개가 어떻게 펼쳐질지는 뻔하잖아. 머리 좋은 검사 양반께서 모를 리 없을 텐데."

"그럼 반대로 제시라 씨는 앞으로 상황이 어떻게 될 거라 예상하십니까?"

대남의 물음에 제시라는 긴 다리를 휘둘러 꼬아 보이고는 담뱃갑에서 담배 한 개비를 꺼내 물었다. 명백히 조서실 안에서 검찰 조사를 받고 있는 입장이었지만 그녀의 행동은 대담했고 대남 또한 그녀의 행동에 딱히 제지를 가하지는 않았다.

자욱한 연기가 피어오를 때쯤, 제시라가 말문을 열었다.

"담록그룹의 거성이 저버리게 된다면 그에 따르는 사회적 파장이 엄청날 것 같지? 아니, 생각보다 그리 크지 않을 거야. 담록그룹의 임원급에 해당되는 이들만 피 말리는 줄타기를 벌이게 되겠지. 일반 국민들이야 그저 회장이 어떻게 죽었는지 그것만을 저들의 안줏거리로 삼을 뿐이야."

"……."

"그러나 담록그룹의 후계자 중 한 명이 결국 아버지를 음독 살해했다는 정황이 밝혀지게 되면 그 사회적 파장은 이루 말할 수 없을 터, 대한민국 재계 역사에 길이 남을 오점이 될 테지. 내가 왜 이토록 아버지의 죽음을 세상에 밝히지 않고 해결하려 드는지 알아? 바로 아버지 그 자체라고도 할 수 있는 담록이 흔들리지 않게 하기 위해서였어. 후계 구도를 확실히 자리 잡은 후에 밝혀도 늦지 않은 문제니 말이야."

담담히 말하는 제시라의 목소리에는 슬퍼하는 기색도 기뻐하는 기색도 느껴지지 않았다. 조서실 안을 울리는 무미건조한 목소리에 대남이 반문했다.

"전부 제시라 씨의 입장에서 생각한 주관적인 견해 아닙니까?"

"내 입장에서 하는 이야기라고?"

"제시라 씨는 애당초 제일선 회장이 살해당하고 난 뒤, 범인이 누군지 알고 있었으며 증거 또한 그 누구보다 빨리 찾아냈습니다. 자신을 후계로 지목한다는 유언장도 손에 넣었겠다, 마음만 먹었다면 그 자리에서 곧장 아버지의 죽음을 세상에 밝히고 범인을 엄벌에 처하게 할 수도 있었을 겁니다. 하지만."

제시라의 표정이 눈에 띄게 어두워졌다. 그럼에도 불구하고 대남의 목소리는 멈출 기세를 보이지 않았다.

"밝히지 않았죠. 이유가 뭡니까?"

"그거야 아까 말했다시피 담록을 온전히 보전하기 위해서……"

"아니죠. 담록을 온전하게 보전하기 위해서가 아니라 최소한의 출혈만으로 담록이라는 거대한 왕국을 가지기 위함이 아닙니까? 회장의 죽음이 밝혀지게 되면 상속 문제 또한 투명하게 이루어져야 할 것이고 그렇게 된다면 제시라 씨의 손아귀에 들어오는 담록의 크기도 작아질 수밖에 없을 테지요."

허를 찌르는 듯한 대남의 말에 제시라는 선글라스를 벗어 테이블 위에 소리 나게 내려놓았다.

대남을 노려보는 그녀의 눈동자는 더 이상 호기심 가득 찬 흥미로운 시선이 아니었다. 철천지원수 바라보듯 분노로 이글 거리고 있었다.

"그래서 뭐가 문제란 말이지? 어차피 제강준, 제서현은 담록 을 운영할 그릇이 못 되었어. 난 그저 아버지가 남기신 유산을 내가 온전하게 상속받아 제씨가문의 명성이 부끄럽지 않게 운 영하려 한 거야. 혹여 사람들이 내가 담록그룹을 상속받는 과 정에 관심이라도 가질 것 같나? 그들에게 중요한 건 결과야. 나 제시라가 담록이라는 왕관을 거머쥐었다는 결과! 따라서 내가 한 일은 범죄가 아니야. 가진 자들의 싸움일 뿐이지."

자신이 저지른 불법 상속을 범죄가 아니라 말하는 제시라 의 모습은 모순 그 자체였다. 법치국가의 의의를 저버린 채 법 위에 군림하려는 권력가들의 모습을 여실히 드러내고 있었다. 대남은 제시라를 향해 말했다.

"개소리를 꽤 거창하게 하는 능력이 있으시군요."

"뭐?"

제시라의 얼굴이 일그러졌다. 뿌연 담배 연기 사이로 그녀 의 성난 얼굴을 드러났다. 대남은 흥분한 그녀를 향해 나직이 되물었다.

"범죄가 아니라면 세상에 떳떳이 밝힐 수도 있겠군요?"

대남의 물음에 그녀는 쉽사리 대답할 수 없었다. 범죄가 아 니라는 자신의 말부터가 어불성설이었기 때문이다. 하지만 그녀는 끝내 자신의 뜻을 꺾지 않았다.

"나한테 법이 통할 것 같아?"

그녀의 말에 대남은 그럴 줄 알았다는 듯 고개를 끄덕이고는 말했다.

"그럴 줄 알았습니다."

대남은 자리에서 일어나 조서실 한편에 비치되어 있던 브라운관 TV를 켰다.

갑작스레 검찰 조사 와중 TV를 켜는 대남의 행동에 의문을 표하기도 전에 제시라는 브라운관 너머로 보이는 한 남자의 인영에 의아함이 섞인 혼잣말을 내뱉었다.

"이 차장이 왜……?"

그 시각, 검찰 특수부에선 전례 없었던 생중계 기자회견이 벌어지고 있었다.

특수부의 업무적 특성상 대외적인 언론의 노출을 최대한 자제하는 것이 보통의 수사 관행이나, 이번만큼은 달랐다. 특수통이라 알려진 이명학 차장이 직접 기자회견을 요청한 것이었기 때문이다.

기자들의 의견이 분분한 가운데, 기자회견장 단상 위로 이명학이 모습을 드러냈다.

"서울 중앙지검 특수 2차장 이명학입니다. 갑작스레 기자님들을 소집한 까닭에 많은 의문을 품으셨으리라 생각됩니다. 지금 이 자리는 현재 특수부의 차장으로서, 아니, 검사라는 직함을 단 한 사람의 법조인으로서 양심 고백을 하기 위해 만든 자리입니다."

이명학의 말에 기자들의 수군거리는 소리는 점차 커져만 갔다. 특수통의 양심 고백이라니, 이건 검찰 역사상 전무후무한 사건이었다.

과연 이명학의 입에서 어떠한 말이 나올지 생중계 카메라를 비롯한 기자들의 시선이 일제히 집중되었다.

"과거 검찰 특수부는 정·재계와 밀접한 연관을 맺고 있었습니다."

"……!"

"그리고 그간 과거의 오명을 씻기 위해 숱한 성역 없는 수사를 펼쳤음에도 불구하고 아직까지 끈질기고도 긴 악연의 끈이 남아 있음도 사실입니다. 저는 오늘 이 자리에서 그 폐단의 고리를 끊기 위해 섰습니다."

이명학의 말은 충격 그 자체였다.

특수통이라 일컬어지는 인물이 공적인 자리에서 폐단의 고리를 끊겠다고 단언했기 때문이다. 하지만 놀라움은 여기서 끝이 아니었다.

"현재 검찰 특수부로 지속적인 협박과 종용을 해오는 인물이 있습니다. 불법 상속을 비롯해 검찰 특수부를 자신의 휘하삼아 대한민국의 법체계를 무너뜨리려는 인물을 고발하기 위해 이 자리에 섰습니다."

"그게 누굽니까!"

어느 기자의 외침에 모두가 침을 꿀꺽 삼켰다. 생중계를 맡은 방송국 카메라가 단상 위에 선 이명학의 모습을 하나도 빠짐없이 담아내고 있었다.

이명학은 기자의 물음에 기다렸다는 듯 망설임 없이 대답했다.

"담록그룹의 제시라 사장, 바로 그녀입니다."

"……!"

제시라의 입에 물려 있던 담배가 바닥으로 추락하듯 곤두박질쳤다. 새로이 피어오른 뿌연 연기가 천장에 닿기도 전에 대남이 제시라를 향해 물었다.

"이래도 괜찮습니까?"

대남의 말이 마치 천둥처럼 제시라의 귓가에 내리꽂혔다. 제시라는 담배를 떨어뜨린 것도 잊은 채 자리에서 벌떡 일어났다. 그녀의 얼굴은 금방 익어버린 홍시처럼 붉게 물들어 있었다.

"도대체가……."

제시라는 이 믿기지 않는 소식에 기가 막힌 것인지 뒷말을 잇지 못하고 있었다. 브라운관 너머에서는 계속해서 이명학 차장이 '양심 고백'을 하고 있었다. 그리고 그 양심 고백의 주된 화두는 다름 아닌 제시라, 본인이었다.

"아직도 상황 파악이 안 됩니까?"

대남의 말에 제시라의 고개가 휙 하니 돌려졌다. 그녀의 목 부근에 자리하는 핏대가 도드라지게 날이 서 있었다. 금방이라도 소리를 지를듯한 모습이었다. 그녀는 한 차례 대남을 노려보다 날카로운 어조로 말문을 열었다.

"특수통이 생방송 기자회견을 열어 검찰과 재계의 비리를 폭로하다니. 세상에, 엘리트들의 집합소라 불리는 중앙지검 특수부에서도 최고로 치는 이 차장과 김 검사가 생각해 낸 방법이 고작 이거였어? 이렇게 되면 내가 겁이라도 집어먹을 줄 알았나 본데, 천만에."

"제시라 씨가 저지른 불법 상속은 엄연히 중범죄에 해당됩니다. 고로 겁을 먹기엔 이미 늦었다는 뜻이죠."

"내가 다시 한번 말해줘? 이 나라에서 감히 담록의 주인이 될 나한테 법이라는 허울 좋은 규정이 통용될 것 같아? 난 당신이 꽤나 명석한 줄 알고 있었는데 알고 보니 반골 기질 가득한 멍청이였군. 세상 물정도 모르고 쓸데없이 정의감만 가득차 세상에 쓴소리란 쓴소리는 다 뱉는 철부지 말이야."

제시라는 대남에게 배신감을 느끼고 있었다. 저가 한평생을 살면서 마음을 열었던 몇 안 되는 상대였는데 이토록 자신을 향해 칼날을 들이미니 기분이 좋을 리 만무했다. 대남은 제시라가 했던 말을 곱씹어보았다.

"반골."

반골(反骨) 세상의 일이나 권위 따위에 순종하지 않고 반항하는 기질을 뜻하는 말이다. 대남은 그 단어를 곱씹다 고개를 들어 제시라를 바라봤다.

"검사로서 범법을 저지른 범법자를 잡는 일이 반골이라 칭하는 건 아주 덜 떨어진 발언이죠. 법률의 그물망을 뚫고 법치국가의 안하무인으로 살아가는 권력가들을 그 누구도 제지할수 없다면 세상이 미쳐 돌아가게 될 겁니다."

대남의 말에 제시라가 짐짓 뜸을 들이더니 말했다.

"아무리 유명한 이야기라도 아흐레를 못 간다는 말처럼, 재벌들 사이에서 벌어지는 일을 일반 시민들이 감응하고 분노해봤자 냄비근성이 어딜 가겠어, 결국 얼마 가지 않아 잊혀질 거야. 이 차장의 양심 고백? 웃기지도 않는군. 특수통의 말이라고 해서 이 나라가 바뀔 것 같은가? 아니, 설령……."

제시라는 대남을 한 차례 쏘아보고는 자리에서 일어났다. 그녀는 대남을 스쳐 지나며 마지막 말을 내뱉었다.

"대통령이라도 불가해."

기자회견장의 기자들은 충격으로 가득 찬 얼굴로 단상 위에 선 이명학 차장을 바라보고 있었다. 몇몇은 이미 저들끼리 의견을 교환하기 바빴다. 이명학은 그러한 기자들의 움직임을 보며 말을 덧붙였다.

"담록그룹은 대한민국 제일의 기업이나 마찬가지입니다. 하지만 화려한 모습 뒤에 숨겨진 악취 나는 실상은 검찰에 몸담으면서 봐왔던 숱한 비리 중 그 무엇과도 비교할 수 없을 역한 수준이었습니다."

"……!"

검찰에 몸담으면서 봐왔던 일련의 사건들 사이에서 담록그룹의 내부에서 벌어지는 비화가 가장 역했다는 이명학의 말은 충격 그 자체였다.

"자세한 이야기를 해주실 수는 없으시겠습니까! 이를테면 제시라 사장이 어떠한 위법행위를 했는지 말입니다."

기자 중 한 명이 용기 내어 소리쳤다. 특수통의 입에서 담록 그룹이 나온 것부터가 특종감인데 거기에 '제시라'까지 더해지니 기자들은 흥분에 가득 찰 수밖에 없었다.

제시라가 누구인가, 명실상부 제일선 회장의 뒤를 이을 담록의 후계자 중 한 명이 아닌가.

"제시라 사장이 저지른 위법을 밝히기에 앞서, 현재 중앙지검 특수부에서 비밀리에 수사하고 있는 한 가지 사건을 공개 수사로 전향해야 할 것 같군요."

비밀리에 수사하고 있는 사건이라, 기자들이 너 나 할 것 없이 놀란 표정을 지어 보이며 눈에 불을 켰다.

거대한 폭풍이 다가올 것을 직감적으로 알아차린 것이다. 누가 시킨 것도 아닌데 기자회견장이 침묵에 접어든 것처럼 고요해진 순간이었다.

때마침, 기자회견장의 문이 열리며 누군가 나타났다. 단상 위에 선 이명학은 문을 열고 들어온 인영이 누구인지 단박에 알아차릴 수가 있었다.

짙은 선글라스를 끼고 경호원들을 대동한 채 쉽사리 모습을 드러내지 않고 있지만 중앙지검에서 저런 모습으로 돌아다닐 이는 지금 단 한 명밖에 없었다.

"검찰 특수부는 현재."

이명학은 기자들의 시선을 피해 자신을 노려보고 있는 인영, 제시라를 똑똑히 직시하며 세상에 고발했다.

"담록그룹 제일선 회장의 살해 사건을 조사하고 있습니다."

- 4장 -
특수부의 미치광이(3)

특수통 이명학의 주최로 중앙지검에서 벌어진 기자회견은 대한민국의 언론뿐만 아니라 해외 언론지마저 떠들썩하게 만들었다.

　특수통이 검찰과 정·재계의 연결고리를 끊겠다 단언한 것도 놀라운데, 대한민국 제일의 기업이자 세계적 기업의 반열에 오를 수 있을 거라 평가되는 담록그룹의 회장이 돌연 타계한 사실이 밝혀졌다. 더군다나 그의 죽음에 살해 정황까지 얽혀 있다고 하니 그야말로 장작불에 기름을 끼얹은 격이었다.

　"제시라는 그냥 조용히 가던가요?"

　대남의 물음에 이명학은 굵은 땀방울을 옷소매로 훔치며 말했다.

　"한차례 노려보다 회장의 죽음이 밝혀지니 부리나케 모습을 감추더군. 만약 그 자리에 있던 사실이 기자들에게 들통났으면 볼만했을 텐데 말이지. 일단 미친놈, 네 말대로 앞뒤 가리지 않고 저지르기는 했다만."

검찰에 몸담으며 수많은 사람 앞에 서는 일이 많았던 이명학도 오늘만큼 긴장된 적은 처음이었다. 겉으로는 내색하지 않았지만 속마음은 특수통이라는 위엄에 어울리지 않게 조마조마했던 것이 사실이다.

"이제 깨질 일만 남았군."

이명학이 미소를 지어 보이며 중얼거렸다. 말과는 상반되게 그의 얼굴은 그 어느 때보다 평안해 보였다.

최고의 자리에 오르기 위해 각고의 노력을 했던 지난날과는 확연히 차이가 있었다. 대남은 그러한 이명학의 모습을 바라보다 손목시계의 시간을 확인했다.

"저도 이제 그만 일어나봐야겠습니다."

"어딜 가나?"

이명학의 물음에 대남이 넌지시 대답했다.

"차장님께서도 오늘 일로 꽤 곤란해지셨을 텐데, 어떻게 혼자 그 큰 짐을 감당하시라 할 수 있겠습니까, 후배 된 도리로서 저도 한몫 거들어야지요."

"뭘 어떻게 하려고?"

"담록은 현재 쏟아지는 언론을 틀어막는 것에 정신이 없을 겁니다. 평소 같았으면 금력으로 언론을 조종했을 일이지만 사건이 사건이니만큼 쉽지는 않을 겁니다. 차장님이 첫 번째로 담록이라는 거대한 수문에 구멍을 뚫었다면."

대남은 이명학을 향해 단언했다.

"전 남김없이 부수겠습니다."

기자들은 뜬눈으로 밤을 지낼 수밖에 없었다. 대한민국은 제일선 회장의 죽음으로 인해 한바탕 떠들썩했다. 또한 그의 죽음이 단순 자연사가 아닌 살해일지도 모른다니 그 파장은 걷잡을 수 없이 커지고 있었다.

기자들을 비롯한 사람들은 제일선 회장의 죽음에 관해 갖가지 이야기를 쏟아내며 의문을 증폭시켰다.

"김 기자. 정말 김대남 검사가 특수부에서 일하는 거 맞아?"

"아 글쎄, 맞대도 그러네. 중앙지검에서 일하는 계장 하나가 내 동창인데 특수부 근처에서 김대남 검사를 자주 목격했대."

"서부지검에서 내부 고발로 정신없을 양반이 여기까지 손을 뻗었다고? 그것도 평검사가······?"

"서부지검 일은 공판에 접어든 단계고 이번 사건은 이제 막 시작했으니 특수부에서 스카우트한 걸 수도 있지. 그리고 김

대남 검사가 그냥 평검사는 아니잖아."

대남이 중앙지검 특수부에 몸담고 있다는 소문은 금세 기자들 사이에 빠르게 퍼져 나갔다.

하지만 표면적으로 대남은 아직까지 서부지검에 근무하고 있는 것으로 되어 있었기에 정확한 진위를 모르는 기자들은 추운 날씨임에도 불구하고 꼭두새벽까지 중앙지검 앞을 벗어날 기색을 보이지 않았다.

"어!"

그 순간, 중앙지검 정문에서 검은색 승합차들이 쏟아져 나왔다. 서부지검에서와 마찬가지로 기자들은 직감적으로 느낄 수 있었다. 만약 저 차 안의 사람들이 중앙지검 특수부에 소속된 이들이 맞다면 이건 예사 움직임이 아닐 거란 사실을.

"검사님, 지금 담록물산으로 간다고 해도 아마 경호원, 용역들이 분명 입구를 틀어막았을 텐데요."

승합차 안에선 특수 2부에 소속된 사법 경찰관이 대남을 향해 곤란한 표정을 지어 보였다.

그는 특수부에 소속된 이래로 다수의 권력형 사건들을 접해 왔었기에 재벌들이 어떻게 나올지는 봐도 비디오였다.

"차라리 영장 발부받고 상부에 지원 요청해서 인원 보강한 다음에 가는 것이……."

사법 경찰관은 대남에게 계속해서 조언을 해주고 있었다.

그의 시선으로 보자면 대남은 언론에서 유명한 검사이기는 했지만 이제 막 검찰의 생리를 깨달아갈 평검사에 불과해 보였다. 직급상은 대남이 위라도 경력에서는 차이가 났기 때문이다.

"담록물산으로 갑니다."

대남은 그 말만을 남긴 채 눈을 감고는 좌석에 몸을 기대었다. 그 모습에 함께 동석한 사법 경찰관들이 마른 입술을 쓸고는 체념한 표정이 되었다.

중앙지검에서 출발한 검은색 승합차들이 담록물산 본사에까지 도착하는 것에는 그다지 오랜 시간이 걸리지 않았다.

"여긴 담록물산인데……?"

갖가지 이동수단을 이용해 차량을 뒤따라온 기자들이 목적지에 다다라서는 의문을 표했다. 하나 그것도 잠시 차에서 내리는 대남을 모습을 보고는 크게 소리쳤다.

"김대남 검사다!"

역시 자신들의 감이 틀리지 않았다는 사실에 기자들의 얼굴에는 희열감이 가득했다.

"상황이 좋지 않은데……."

사법 경찰관 하나가 바깥의 풍경을 보고 불안한 듯 중얼거렸다. 주말 아침에도 불구하고 담록물산의 정문과 후문을 포함한 모든 문에는 경호원들과 용역이 한데 어울려 그 앞을 지키고 있었다.

대남은 그들을 바라보며 말문을 열었다.

"공무 수행 중이니 다들 물러나 주시기 바랍니다. 현재 담록 그룹 제일선 회장의 죽음과 관련해 담록물산의 내부 문건을 수거해야 합니다."

대남의 발언에 기자들이 놀라기도 잠시, 경호원들 사이에서 한 명의 남자가 걸어 나와 자신을 밝혔다.

"담록물산 경호팀장으로 있는 사람이올시다. 영장은 가지고 왔습니까?"

대남이 대답하지 않자 그는 명백히 조소 섞인 웃음을 지어 보이며 고개를 절레절레 저어 보였다.

"법원에서 그따위 헛소문으로 영장이 나올 리가 없지. 당신네들이 요즘 기자회견이다 뭐다 하면서 우리 담록그룹에 관해 이상한 소문 퍼뜨리니까 기업 이미지가 안 좋아지잖수. 더군다나 오늘은 주말이고 난 개미 한 마리도 건물 안에 들이지 말라는 명을 받았으니 돌아가쇼."

대남은 그의 말에 고개를 천천히 끄덕이며 대답했다.

"현재 검찰에선 변사자의 검시를 진행했고 담록물산의 제 강준 사장이 피해자의 죽음과 깊은 관련이 있다고 판단했다. 고로 제강준의 긴급체포를 비롯한 당사의 압수수색은 영장주의의 예외에 입각해 영장 없이 긴급수사가 가능하다."

"······!"

제시라 사장에 이어, 담록그룹의 제강준이 회장의 죽음과 연관이 있다는 대남의 발언에 너 나 할 것 없이 놀란 기색이 되었다. 하지만 그것도 잠시 본분에 충실한 경호원들은 급히 사람 띠를 만들어 입구를 봉쇄해 보였다.

그 모습에 대남은 발걸음을 돌려 승합차 조수석에 몸을 실었다. 별안간 대남이 자동차에 다시 올라타자 기자들뿐만 아니라 운전석에 있던 사법 경찰관도 의아한 표정이 되었다.

"어, 어디로?"

사법 경찰관의 물음에 대남이 손가락으로 담록물산의 정면을 가리키며 말했다.

"밟으시죠."

사법 경찰관의 표정이 일그러졌다. 혹시나 잘못 들었나 싶어 그가 망설이다 대남을 바라보며 되물었다.

"검, 검사님?"

"밟으세요."

대남의 말에 그는 금방이라도 운전대를 놓고 밖으로 뛰쳐나가고 싶은 모습이었다.

담록물산의 정문에는 아직도 경호원들이 띠를 이룬 채 꼼짝도 하지 않고 있었다. 기자들은 그 모습을 숨죽여 바라보았고, 운전대를 잡은 사법 경찰관의 표정은 덩달아 거무죽죽해졌다.

"정말 밟습니까……?"

다시 한번 되묻는 경찰관의 물음에 대남이 아예 조수석에서 내려 운전석 문을 열어주었다.

그제야 경찰관의 얼굴이 조금 펴졌지만 이내 눈치가 보이는지 고개를 떨군 채 자리에서 내릴 수밖에 없었다.

그때 경호팀장이 불쑥 끼어들어 말했다.

"검사 양반, 그렇게 호기 부리다가 우리가 다치기라도 하면 어떡하려고 합니까. 우리도 가정이 있는 사람들인데 이리 야박히 굴어서야 쓰나, 오늘은 이만 돌아가고 평일 날 다시 오슈. 내가 회사 윗분들한테 말 잘해놓을 테니. 괜히 주말 댓바람부터 평검사 하나 때문에 이 많은 사람이 고생해서야, 쯧."

경호팀장이 대남의 저의를 알아차린 것인지 조소를 날리며 비아냥거렸다.

팀장의 말 때문일까, 나머지 다른 경호원들은 제아무리 검찰이라도 '담록'이라는 이름 두 글자 앞에서 한풀 꺾였다고 생각했는지 마치 자신들이 담록그룹의 성골이라도 된 마냥 의기양양했다.

대남은 그들을 바라보며 목소리를 높였다.

"공무 수행 중입니다. 긴급압수수색을 방해한 담록물산의 경호원들은 형법 144조에 의거해 특수공무 방해죄를 엄중히

물을 것이며, 본 검찰 특수부는 담록그룹 제일선 회장의 살해 사건 관련해 담록물산 압수수색을 계속해서 진행하도록 하겠습니다."

대남의 모습에는 그 어떠한 망설이는 기색도 보이지 않았다. 대남은 그 즉시 발걸음을 옮겨 곧장 운전석으로 올라탔다.

저돌적인 행동에 모두가 놀란 가운데, 대남은 기어를 중립에 놓은 채 엑셀을 있는 힘껏 밟았다. 이내 엔진 소리가 요란하게 울렸다. 그제야 경호원들도 상황이 어떻게 돌아가는 것인지 눈치를 살피기 시작했다.

"겁먹지 마, 저런 거로 지레 겁먹을 필요……!"

"……!"

경호팀장이 경호원들을 향해 소리치기도 잠시, 대남이 기어를 바꾸자 검은색 승합차가 맹렬한 속도로 튕겨 나왔다.

돌발 상황이 벌어질까 카메라를 준비하고 있던 기자들은 놀라 입을 벌리면서도 그 상황을 놓치지 않고 셔터를 눌러댔다.

사법 경찰관들은 경악에 가까운 표정이 되었고, 그러는 사이 자동차는 금세 정문 입구에 다다랐다.

"어휴……."

누군가 깊은 안도의 한숨을 토해냈다. 대남이 쓸고 지나간 자리에는 경호원들이 혼비백산한 표정으로 사방팔방 흩어져 있었다.

거대한 차가 맹렬한 속도로 달려오니 저들도 모르게 띠를 두르고 있던 손을 풀고는 옆으로 몸을 날린 것이다.

"이, 이게……!"

어안이 벙벙해 놀라 있던 경호팀장의 얼굴이 금방이라도 터질 듯 붉게 달아올랐다. 그는 차에서 내리는 대남을 향해 삿대질을 하며 다가왔다. 대남은 그런 그의 손을 잡아 뒤로 꺾어 보이고는 말을 이었다.

"앞서 밝힌 바와 같이 특수공무방해죄로 현장 체포하겠습니다. 연행하세요."

"……!"

대남의 말에 눈치를 살피던 사법 경찰관들이 너 나 할 것 없이 다른 경호원들에게 달려들어 제압했다. 기자들은 그 모든 광경을 믿기지 않는 눈초리로 뚫어지라 바라보고 있었다.

대남은 고개를 들어 높이 솟아오른 담록물산의 전경을 살피며 단언했다.

"그럼, 압수수색 들어갑시다."

담록물산에선 수많은 내부 문건들이 쏟아져 나왔다. 특수통 이명학의 '양심 고백'으로 인해 담록 계열사들이 바짝 긴장하고 있긴 했지만 대남이 이렇게 빠르게 움직일지는 미처 몰랐다. 더군다나 수많은 경호원의 벽이 그리 쉽게 무너질 거라고는 생각지도 못했을 것이다.

시간이 얼마나 지났을까, 대남의 일행들은 꼬박 반나절을 써가면서 담록물산 이곳저곳을 이 잡듯 뒤졌다.

밖에 있던 기자들은 앞서 일어났던 일련의 일들을 기사로 작성하기에 급급했다.

"아 진짜, 그렇다니까 김대남 검사가 움직였다고. 담록물산을 쳤다니까!"

-누구?

"서부지검 김대남 검사!"

인근의 공중전화기는 불이 날 듯 터져 나가고 있었다. 그 덕분인지 검찰 특수부가 담록물산을 급습했다는 이야기는 삽시간에 퍼져 나갔다.

기사의 주된 화두는 다름 아닌 대남이었다. 서부지검 내부 고발로 언론을 떠들썩하게 했던 그가 이번에는 중앙지검 특수부에서 모습을 드러낸 것이다. 대남의 얼굴이 또다시 대한민국 언론을 뒤덮기 시작했다.

담록물산의 정문에서 특수부 일행들이 걸어 나오기 시작했다.

정문 입구 쪽으로 인산인해를 이루는 기자들을 향해 손짓하며 사법 경찰관 하나가 물꼬를 트니 그 뒤로 특수부 일원들이 모습을 드러냈다.

"비키세요, 비키세요."

담록물산을 빠져나온 사법 경찰관들과 검찰청 직원들의 양손에는 주체하기 힘들 만큼 많은 담록물산의 내부 문건들이 박스째 실려 있었다.

담록그룹의 주요 계열사 중에서도 가장 큰 규모를 자랑하는 담록물산이 속수무책으로 압수수색당하는 모습에 기자들은 아직도 어안이 벙벙한 눈치였다.

이윽고 일행의 끄트머리에 대남이 모습을 드러내자 기자들이 너 나 할 것 없이 소리쳤다.

"김대남 검사님! 방금 전 제일선 회장의 죽음에 담록물산의 제강준 사장이 관련되어 있다고 하셨는데 그게 무슨 말입니까!?"

"제일선 회장의 죽음이 정말 특수부 이명학 차장의 말대로 살인에 의한 것입니까!"

"담록물산의 내부 문건을 압수수색 하는 검찰 측의 정확한 이유를 듣고 싶습니다!"

기자들의 무수한 질문이 대남을 향해 쏟아졌다. 그들은 오늘 있었던 일련의 일들을 이해해 보고자 수많은 추론을 했지만 밖으로 쉽사리 유출할 수 없을 만한 것들이었다.

아무리 특종에 목마른 자라 할지라도 재벌 권력가 앞에서는 한없이 작아지게 마련이었고, 그 안건이 존속살해라면 더더욱 조심할 수밖에 없었다.

"담록그룹의 제일선 회장은 살해된 것이 맞습니다. 또한 앞서 밝혔다시피."

대남은 고개를 돌려 담록물산을 바라보며 뒤이어 말했다.

"현재 담록물산의 제강준 사장이 유력한 용의자입니다."

"……!"

어쩌면 존속살해를 뜻할지도 모르는 대남의 발언에 기자들이 놀라 입을 벌렸다. 기자들은 여태껏 대남이 거짓을 말하는 것을 본 적이 없었다. 그렇기에 검찰청에 출입하는 기자들 사이에선 대남이 그야말로 특종의 나팔수라 불릴 만큼 신뢰할 만한 인물이었던 것이다.

기자들은 놀라기도 잠시, 몇몇은 급히 시티폰을 꺼내는가 하면, 대다수 인원이 공중전화기를 향해 달려갔다.

"승합차 한 대에 담록물산에서 나온 문건들 다 모아서 특수부로 보내세요. 나머지는 저와 함께 갑니다."

"예?"

대남의 말에 사법 경찰관이 의아함을 나타냈다. 다른 검찰청 인원들도 마찬가지인 표정이었다.

담록물산의 압수수색은 끝났고 이미 날이 어둑어둑해지고 있는 시점이었는데 또 다른 곳으로 장소를 옮긴다는 것을 뜻하는 대남의 말 때문이었다.

"검사님, 어디로 가는 겁니까?"

누군가의 물음에 대남은 담담히 대답했다.

"호랑이를 잡으려면 호랑이 굴에 들어가라."

"설마……."

대남이 말하는 바를 이해한 검찰청 직원들은 사색이 된 표정이었다. 하지만 대남은 이미 내뱉은 말을 도로 담을 생각이 없어 보였다.

기자들은 중앙지검으로 향하는 차량 한 대를 제외하고 특수부의 차량이 또 다른 방향으로 쏟아져 나가자 놀란 눈으로 허겁지겁 그들의 뒤를 쫓기 시작했다.

"검, 검사님, 다시 한번 생각해 보시는 게 어떨까요. 담록물산이야 지금은 비어 있는 집이나 마찬가지라 방해하는 세력들이 없었지만 지금 당장 제강준 사장을 잡으러 가기엔 인원이 부족합니다. 또 그쪽에서 순순히 나올 리도 없고요."

나름 검찰청 특수부에서 베테랑이라고 인정받는 사법 경찰관 하나가 대남을 바라보며 그렇게 말했다. 그의 얼굴에는 십 수 년간의 검찰 생활에서는 볼 수 없었던 초조함과 당황한 기색이 역력하게 나타나고 있었다.

함께 차량에 타고 있던 다른 검찰청 직원들 또한 마찬가지였다.

"지금 놓치면 어떻게 되는 줄 압니까?"

대남의 물음에 경찰관이 침묵으로 일관하자 대남이 낮은 어조로 말을 이어나갔다.

"그쪽에선 심신미약 등의 불가피한 이유를 들먹이며 공판절차 중지 요청을 할 뿐만 아니라 검찰 소환에 응하지도 않을 겁니다. 긴급체포요? 지금 검찰청에 담록을 상대로 그 정도 총대를 멜 수 있는 사람이 있다고 보십니까."

"굳, 굳이 지금 당장 검사님이 나서야 할 이유는 없지 않습니까? 윗사람들도 다 담록이 어떠한 곳인지 아니까 가만히 있는 거죠. 이명학 차장님이야 원체 저돌적인 분이시고 직급도 있으시니 어찌할 수 있지만 검사님께선 이제 막 특수부로 발령을 받으신……."

사법 경찰관은 명백히 뒷말을 흐렸지만 듣지 않아도 알 수 있었다.

그는 대남의 행동을 보며 마치 앞뒤 가리지 않고 돌진하는 폭주 기관차와 같다고 생각했을 것이다. 하나 대남의 생각은 달랐다.

"검사가 범인이 무섭고 두려워 망설인다면."

대남은 자신을 향해 충고해 주는 나이 지긋한 사법 경찰관을 향해 나직이 말했다.

"존재할 이유가 무엇입니까."

대남이 탄 특수부 차량이 삼성동에 도착하는 데는 그리 오랜 시간이 걸리지 않았다.

대남의 일행을 뒤따라온 기자들은 그들이 삼성동에 다다랐다는 사실에 또다시 눈을 크게 떴다.

조창현 전 대법관을 긴급체포했을 때와 마찬가지인 양상이었지만 이번에는 상대의 규모가 남달랐다. 조창현이 민물에서 노는 대어라면 담록은 바다를 휘젓는 포식자였기 때문이다.

"여, 여긴 제일선 회장 자택이잖아."

"허."

조창현의 자택이 초라해 보이리만큼 거대한 입구를 가진 저택이었다. 그 규모만큼이나 풍수지리적으로도 완벽해 그 어느 위치에서도 내부를 쉽사리 들여다볼 수 없었고, 하늘 높이 치솟은 담벼락은 외부인의 출입을 엄중히 금하고 있었다.

"김대남 검사다!"

대남이 모습을 드러내니 기자들이 눈을 빛냈다. 대남은 담담한 모습으로 제일선 회장의 자택 대문 옆에 자리한 초인종을 눌렀다.

딩동-

초인종 소리가 공허하게 메아리쳤지만, 인터폰 너머로 들려오는 대답은 없었다. 저택뿐만 아니라 삼성동 전체가 고요함에 잠긴 듯 조용해졌다.

수차례 초인종을 눌렀음에도 항시 상주할 가정부의 대답 또한 들리지 않았다. 대남은 그럴 줄 알았다는 듯 고개를 돌려 기자들을 바라봤다.

"저희 특수부는 금일 제일선 회장의 자택에서 담록의 후계자들이 모인다는 정보를 입수했습니다. 하나 여러분들이 보시는 바와 같이 초인종을 수차례 눌렀음에도 대답은 들려오지 않고 묵묵부답으로 일관하고 있습니다."

대남의 말에 기자들이 일제히 목울대 사이로 침을 꿀꺽 삼켰다.

"현재 담록그룹은 세 명의 후계자가 담록의 주인 자리를 놓고 싸우고 있는 실정입니다. 그사이에 벌어진 위법사항은 셀 수 없을 정도지요. 하나 지금만큼은 저들끼리의 분쟁을 최소화하고 현재 불거진 제일선 회장의 죽음과 관련해 말을 나누기 바쁠 것입니다. 저는 오늘 그들을 일망타진하기 위해 왔습니다.

누군가 펜은 칼보다 강하다 했지요. 기자 여러분들께선……."

기자들은 현실에선 도저히 벌어지기 힘든 마치 영웅의 일보와 같은 대남의 행보에 숨죽여 바라보기 바빴다. 대남은 그러한 기자들을 향해 마지막 말을 던졌다.

"똑똑히 지켜보고, 써 내려가십시오. 그들의 몰락을."

대남의 말에 특수부 일행은 가슴이 철렁이는 것을 느꼈다. 철옹성 같은 담록가의 저택을 목전에 두고 할 말은 아니었기 때문이다. 하지만 기자들은 대남의 말에 감응한 것인지 결의에 찬 시선으로 대남을 바라봤다.

"부수시죠."

대남의 말에 사법 경찰관의 표정이 심각해졌다. 그는 대남의 말을 받아들여야 할지 망설이는 듯했으나 이내 어깨를 축 늘어뜨렸다.

역시 대남의 결단만으로 단시간만에 그들을 설득하기란 요원한 일이었다. 대남은 하는 수 없이 경찰관의 손에 들린 대형 해머를 직접 받아 들고는 있는 힘껏 대문 걸쇠를 내리찍었다.

"……!"

모두가 놀란 가운데, 조용한 삼성동 저택가 사이에 굉음이 울려 퍼졌다. 대남이 멈출 기세를 보이지 않자 그제야 인터폰 너머로 목소리가 들려왔다.

-당, 당신들 지금 뭐하는 짓입니까!

"공무 수행 중입니다. 존속살해 및 횡령 혐의로 제강준 씨와 제서현, 제시라 씨를 긴급체포하기 위해 왔습니다. 문 여세요."

-여기가 어딘 줄 알고 이런 행패를 부립니까, 그것도 이 시간에!

"어디긴 어딥니까, 담록의 범법자들이 모여 있는 곳이지."

대남은 말을 끝마침과 동시에 다시 한번 대형 해머를 치켜들어 걸쇠를 있는 힘껏 내리찍었다.

꽹음과 함께 문짝이 너덜너덜해지는 것이 느껴졌다. 철옹성 같던 대문의 잠금장치가 헌신짝처럼 떨어지자 대남이 고개를 돌렸다.

"뭐 합니까? 밀어붙이세요."

대남의 말에 차마 나서지 못하고 있던 사법 경찰관들이 주춤거리다 곧장 대문을 있는 힘껏 밀었다.

인터폰에서는 그 광경을 지켜보고 있던 모양인지 '어, 어……!' 하는 놀란 고함 소리가 터져 나오고 있었다.

끼르륵-

굳게 닫혀 있던 철문이 결국 비명을 토해내며 열리고 말았다. 기자들은 그 순간을 놓치지 않고 카메라로 담아냈다. 대남이 선두로 저택 안을 향해 걸음을 옮기자 나머지 특수부 일행들도 굳은 표정으로 뒤따르기 시작했다.

"허, 경호원들이 여기도 있네."

누군가의 말처럼 담록물산 때와 마찬가지로 가옥을 가로지르는 정원에는 경호원들이 자리하고 있었다.

그들 또한 검찰청이 담록그룹을 상대로 이렇게 과격하게 나올 줄은 예상 못 했다는 듯 당황한 표정이었다.

가옥 안으로 들어서기 위해선 그들을 지나쳐야만 하는데, 쉽사리 비켜줄 만한 분위기가 아니라 다들 긴장된 기색이 역력했다.

"비켜."

대남의 강경한 말에도 경호원들은 자리에서 옴짝달싹하지 않았다.

마치 무시하라는 지시라도 받은 듯 망부석처럼 입구만 지키고 있을 뿐이다. 대남은 그 모습을 지켜보다 옆에 서 있던 수사관에게로 고개를 돌렸다. 수사관은 이미 대남과 합을 맞췄던 모양인지 짧게 고개를 끄덕였고 그대로 홀더에서 권총을 꺼내 하늘로 치켜들었다.

쾅-! 쾅-! 쾅-!

"……!"

마른하늘에 날벼락이란 표현이 턱 어울릴 만큼, 아까 전과는 비교도 되지 않을 엄청난 폭음이 연달아 고요한 밤의 적막을 깼다.

바깥에 있던 기자들뿐만 아니라 특수부 일원들, 그리고 경호원들까지 모두 숨을 집어삼키며 황급히 자세를 낮추고 사태를 파악하기 시작했다.

코끝을 자극하는 화약 냄새가 공기 중에 은은하게 퍼진 것으로 보아 분명 총소리였다.

"……!"

"앞선 세 발은 공포탄이었습니다. 이후로 길을 막아 공무를 방해할 시 특수공무방해죄와 범인의 도주와 증거인멸의 우려, 그리고 공무집행에 대한 항거를 억제하기 위해 실탄을 발사하겠습니다. 이는 이 자리에 있는 모든 사법 경찰관들의 총기 사용 허가를 알리는 것과 같습니다."

대한민국 검경이 총을 발포하는 경우는 흔하지 않았다. 강력범죄를 비롯한 무장공비 간첩사건 때에나 등장했던 총소리가 거부(巨富)들의 밀집 구역인 삼성동, 그것도 대한민국 제일의 부호라 불리는 담록가의 저택에서 울려 퍼졌다. 대남을 제외한 모든 이들의 충격은 이루 말할 수 없을 지경이었다.

대남은 지레 겁을 먹고 얼어 있는 경호원들을 유유히 지나치며 걸음을 옮겼다.

가옥 안에 들어섰을 때는 이미 저택의 직원, 경호원 등 너나 할 것 없이 허둥지둥하고 있는 상황이 펼쳐지고 있었다.

그들은 대남 일행이 신발을 신은 채로 집 안에 들어선 것에 놀라는 것도 잠시 총소리 때문에 어쩔 줄 몰라 하는 표정이었다.

오히려 담록의 후계자들은 담담한 표정으로 대남을 맞이했다.

"너 이 새끼, 지금 여기가 어느 안전이라고 총을 발포해?"

하지만 제강준이 핏대를 세우며 대남을 노려봤다. 그에 반해 제시라는 담담한 모습으로 일관했고 제서현은 어딘가 불안한 기색이 역력했다.

"뭐 합니까, 압수수색 시작하십시오."

대남은 제강준의 말에 대답하기는커녕, 고개를 돌려 특수부 인원들에게 명했다.

그들은 눈치를 살피다 고개를 끄덕여 보이고는 담록물산 때와 마찬가지로 증거 수집을 위해 이곳저곳 흩어졌다. 그 모습을 지켜보던 제시라가 자리에서 천천히 일어났다.

"긴급체포하러 왔다며? 뭘 멀뚱히 서 있어, 강준이 잡으러 온 거 아니었어?"

"누나!"

"넌 닥치고 있어."

제시라는 대남을 향해 한 발자국 앞으로 내디뎠다. 그녀는 이 모든 사태의 주범인 제강준을 한 번 노려보고는 고개를 돌려 대남을 바라봤다.

"현재 검찰에서 제강준을 유력한 용의자로 지목하고 있다면서. 그래서 담록물산도 압수수색 한 거고 말이야. 그런데 말이지, 이렇게 큰 이벤트를 벌일 거였으면 미리 언질을 줬어야지. 이 차장도 그렇고 김 검사도 그렇고 윗전은 신경도 쓰지 않고 저지르는 게, 죽여 달라고 명을 재촉하는 것 같아. 안 그래?"

"언질이라."

"그래, 상부에서도 지금 이러한 사태를 알고 있나?"

제시라는 수많은 검찰 인원 앞에서도 기가 죽기는커녕, 오히려 모두를 압도하리만큼 거대한 위압감을 뿜어내고 있었다.

실제로도 정황상 담록의 주인 자리에 가장 근접했다고 알려진 후계자였기에 그녀의 말 한마디면 제아무리 검찰청 인사라고 할지라도 목숨을 장담하지 못했다.

모두가 긴장된 눈치로 입을 다문 가운데, 대남이 말했다.

"상부에서 알았더라면 달라집니까?"

"뭐?"

"제일선 회장이 살해당한 사실이 달라지냐는 말입니다."

"……!"

곁에서 지켜보고 있던 제서현의 눈이 화등잔만 하게 커졌다. 대남은 거기서 멈추지 않고 계속해서 말을 이었다.

"제시라 씨는 제일선 회장의 살해범이 누구인지 알고 있었습니다. 검찰 특수부에 물증을 제출하고 사건 협조를 요청한 사람이 바로 당신이었으니 말입니다. 사건을 질질 끌며 시간을 벌였던 것은 아무래도 불법 상속을 위해서이겠지요. 그런 의미로 보면 제일선 회장을 살해한 살해범과 다를 게 무엇이겠습니까?"

대남의 말에 모두가 화들짝 놀랐다. 설마 제강준이 용의자라는 물증을 제시라가 제출했을지는 꿈에도 몰랐다는 표정이다.

제강준의 얼굴은 이미 주체할 수 없으리만큼 거무죽죽해지고 있었다. 분노를 넘어서, 앞으로 어떠한 상황이 벌어질지 가늠조차 되지 않는 모습이었다.

"총성 없는 전쟁터라는 말이 퍽 어울립니다. 어디를 둘러보아도 자기편은 없고 오로지 관자놀이에 서로 총구만 들이밀고 있을 뿐이지요. 방아쇠를 당긴 것은 결국 검찰이 아니라 물욕에 찌든 당신들입니다. 셋 다 연행하겠습니다."

"……!"

대남은 말이 끝나기가 무섭게 제시라의 손목에 수갑을 채웠다. 상황이 어떻게 돌아가는 것인지 대강 파악을 끝낸 사법 경찰관들도 급히 수갑을 꺼냈다.

제서현과 제강준 또한 수갑 신세를 면치 못하게 되었다. 대남의 발언으로 인해 혼란스러운 그들은 발악할 것이라는 예상과 달리 담담하게 지금 이 상황을 수긍했다. 제강준은 제시라를 바라보며 망설이듯 말했다.

"정말 누나가 검찰에 증거를 내민 거야? 아니지……?"

제시라는 답이 없었고 오히려 제서현이 제강준을 바라보며 되물었다.

"정말 네가 그런 거야? 강준이 네가 아버지를?"

"허."

허탈한 공허함이 장내에 짙게 깔렸다. 얼마 지나지 않아 압수수색이 끝났고, 정문으로 나서니 기자들이 아직도 자리를 뜨지 않은 채 기다리고 있었다.

그들은 총소리에 놀란 것도 잠시 정문에서 검찰 인원들이 쏟아져 나오니 다시 눈에 불을 켰다.

"제, 제시라 사장이다!"

"제강준, 제서현 사장도 있어!"

"……!"

기자들의 놀라움은 커져만 갔다. 담록그룹을 상대로 압수수색을 펼친 것도 놀라운데 담록의 후계자들을 긴급체포할 줄이야, 상상도 못 했던 일이 현실이 되어 벌어지고 있는 것이었다. 기자들은 사진을 찍는 것도 잊은 채 그 모습을 바라보고 있었다.

"담록물산의 제강준 사장께서는 지금 제일선 회장의 살해 용의자로 지목당하셨는데 할 말씀 없으십니까!"

"제시라 사장과 제서현 사장이 긴급체포된 정확한 이유는 무엇입니까!"

정신을 차린 기자들이 곧장 질문 세례를 쏟아부었다. 담록 공화국이라는 말이 존재할 정도로 담록그룹 자체가 대한민국에 가지는 영향력은 이루 말로 형용할 수 없을 정도였다. 대한민국 역사상 전무후무했던 재벌 가문의 긴급체포는 기자들에게 있어서 특종거리를 뛰어넘어 역사의 한 장면에 있다고 느껴지게 했다.

"저는 범인이 아닙니다! 저는 아버지를 살해하지 않았습니다! 이건 모함이야!"

제강준이 황급히 기자들을 바라보며 소리쳤다. 그의 목소리에는 분노와 절실함, 그리고 두려움이 공존하고 있었다. 그간 검찰을 우습게 보다 제시라가 물증을 건넸다는 대남의 말 한마디 덕분에 모든 것이 혼란스러워 보였다.

"김대남 검사의 생각을 듣고 싶습니다!"

기자의 물음에 대남은 고개를 돌려 제강준을 바라봤다. 그의 눈은 실핏줄이 터질 듯 혈안이 되어 있었다.

"긴급체포를 결정한 중대한 이유는 제일선 회장의 살해 혐의가 맞습니다. 결과가 어떻게 될지는 추후에 결정 날 문제이지 이 자리에서 판단할 수 있는 문제는 아니라고 생각합니다."

"……!"

"또한 비단 제강준 씨만을 긴급체포하기 위해서 이곳에 온 것은 아닙니다. 제강준 씨가 존속살해 혐의를 받고 있다면 제서현 씨는 거액의 횡령 혐의를, 제시라 씨는 불법 상속을 비롯한 탈세 혐의가 있습니다. 이게 뭘 뜻하는지 아십니까."

이어지는 뒷말에 기자들이 입을 벌렸다.

"셋 다 똑같단 뜻이지요."

대남의 발언은 놀라움을 주기에 충분했다. 치외법권이라는 말이 어울릴 정도로 법률 위에 군림하고 있던 이들을 대남이 손수 끌어내린 것이다.

"앞으로 본 사건은 김대남 검사께서 직접 맡아 수사하시는 겁니까!"

대남이 아니면 이 사건들을 누가 수사할 수 있으랴, 기자의 물음에 모두가 침을 꿀꺽 삼켰다.

특수통 이명학이 나선다고 했지만 혼자서는 역부족일 것이라는 것이 정론이었다. 하지만 대남은 달랐다. 여태까지 믿기지 않는 기적 같은 일들을 수차례 만들어왔기 때문이다. 또 한 번의 기적을 바라는 기자들의 시선에 응하듯 대남이 천천히 입을 열었다.

"직접 수사를 맡느냐는 질문에는 그렇다고 대답하겠습니다. 앞으로 담록그룹과 관련한 사건 일체를 맡음과 동시에……."

대남의 담담하고도 낮은 목소리가 저택가를 울렸다.

"이번 사건을 끝으로 검사직을 내려놓겠습니다."

대남의 발언은 기자들에게 적잖은 놀라움을 주기에 충분했다. 항간에는 대남이 특수부로 이동한 것이 향후 요직으로 초고속 승진을 위한 것이란 말도 있었다. 그런데 앞날이 창창하다 못해 웬만한 경력의 검사들보다도 월등히 뛰어난 능력을 선보이던 대남이 돌연 본사건을 끝으로 검사직을 내려놓겠다니, 이건 특종 중의 특종이었다.

다음 날 조간신문을 시작으로 수많은 언론매체를 통해 담록그룹의 존속살해에 대한 내용이 심도 있게 다루어졌다.

여태껏 일부 권력가들에게 소극적인 자세를 고수하던 검찰에서 순식간에 담록그룹의 후계자들을 긴급체포한 것도 모자라, 이 사건의 선봉장이 내부 고발로 한창 주가를 올리고 있던 김대남 검사라는 사실에 대한민국이 시끌벅적했다.

"기사가 많이도 났군. 내가 언론에 섰을 때보다 더한 것을 보니 김 검사, 자네가 유명하기는 한가 봐, 정말."

이명학이 수많은 기사를 훑으며 그렇게 말했다. 특수통인 자신과 평검사라는 직급 사이에는 재능만으로는 따라잡을 수 없는 깊은 세월의 벽이 존재하지만, 대남은 그러한 벽을 허물어버리고 오히려 특수통보다 더욱 큰 존재감을 나타내고 있었다.

이명학은 이러한 소동에도 평정심을 잃지 않는 대남을 향해 물었다.

"제시라, 제강준, 제서현에 관한 자료들을 차곡차곡 잘도 모았더군. 이걸 터뜨리면 담록의 후계자들 모두를 한꺼번에 잡아넣을 수 있겠어. 그런데 한 가지 걸리는 게, 아직 구형도 내려지지 않은 마당에 담록의 임원진들이 제시라 사장의 탄원서를 준비하고 있다더라고, 혹시 알고 있나?"

"탄원서라."

"그래, 제시라마저 구속된다면 담록그룹의 근간이 뒤흔들릴 거라 말하면서 말이야. 비리가 많기는 하지만 그래도 대한민국에서 가장 규모가 큰 기업인 것은 부정할 수 없는 사실이 아닌가. 아무래도 제시라 쪽에선 증거가 증거인지라 법정 공방으로는 검찰을 이길 수 없다고 판단한 모양이야, 그에 반해 제강준은 자신의 혐의를 죽어도 인정할 수 없다며 기어코 강짜를 부리고 있으니."

제시라는 냉철한 여자였다. 담록그룹의 후계자 중 제일선 회장의 성정을 가장 많이 빼닮았다 할 수 있을 정도로 사업적인 부분이나 자기 자신을 다스리는 모습이 타의 추종을 불허했다.

이미 언론에선 검찰 측이 담록에게 밀려 패배할 수 있다고 점치고 있었지만 그녀의 생각은 달랐다.

"제시라가 꼬리를 내리는 이유는 단순합니다. 인정하지 않을 시 끝까지 파고들어 갈 것을 알기 때문이죠. 오히려 탄원서를 준비해 형량을 줄이는 것에 힘을 싣는 편이 더 낫다고 판단했을 겁니다. 하지만."

대남은 고개를 저어 보이며 말했다.

"재판부가 탄원서를 참작해 준다면 그것이야말로 범법이 아니겠습니까. 담록그룹은 현재 현직뿐만 아니라 이미 재계에서 은퇴한 전직 담록의 사장단까지 끌어모으며 총력을 기하고 있습니다. 그 이유가 무엇이겠습니까? 정말로 죄가 없다면 이렇게까지 할 필요가 없겠죠."

이명학이 천천히 고개를 끄덕여 보였다. 재판부의 판결에 불복하고 위헌이라 부르짖으며 탄원서를 제출하거나, 선처를 바란다며 탄원서를 제출하는 경우는 잦았다. 더욱이 권력가들이 연계된 사건일수록 빈도는 높았다.

"제강준이야 아직 상황이 어떻게 돌아가는지 파악이 안 되는 것 같고, 제서현도 눈치가 있는 이상 조용히 숨을 죽인 채 기다릴 겁니다. 제시라는 무슨 수를 써서라도 실형을 피하고 담록을 차지하려 들 테고요. 담록의 후계자들인 만큼 그들을 엄벌하기 위해선 검찰의 힘만으로는 역부족입니다."

"그럼?"

"저는 이번 사건에 제 검사직을 걸었습니다."

대남이 담록그룹 사건을 끝으로 검사직을 내려놓겠다는 이야기는 이미 후계자들을 긴급체포한 뒤로 일파만파 퍼진 상태였다.

이명학은 대남이 검사직을 내려놓겠다 말한 것이 무엇을 뜻하는지 모르지 않았다. 이윽고 대남이 용단을 내리듯 말했다.

"저희 또한 수단과 방법을 가리지 말아야겠지요."

대남은 KBC, MBS, SBC 등 지상파 방송국에 연락을 취했다. 하지만 사건이 사건인 만큼 재벌가의 이해관계가 복잡하게 얽혀 있어 대남의 출현을 적극적으로 수용하는 곳은 없었다.

여태껏 대남의 생방송 출현으로 시청률 대박을 톡톡히 누렸던 KBC 측 또한 마찬가지의 모습이었다.

-김대남 검사님. 한번 해봅시다.

"되겠습니까."

-어차피, 이렇게 된 거 검사님 덕분에 여기까지 올라올 수 있었고 저희도 의미 있는 방송 한 번 해봐야 하지 않겠습니까. 스태프들도 전부 오케이 했습니다. 본래 출연 예정자 대신에

검사님이 출연해 주시면 됩니다. 어떻게든 생방송 송출시킬 테니 걱정하지 마시고요.

'시사 쟁점 토론'의 PD는 크나큰 결단을 내렸다. 서부지검 내부 고발 때와는 궤가 다른 사건이었다. 자칫했다가는 담록그룹의 보복을 당할 수도 있었다. 하지만 그는 물러서지 않았다.

생방송 촬영 당일, 세트장에는 이전과는 비교도 되지 않을 만한 긴장감이 짙게 깔렸다. 방청객들은 아직까지 그저 눈을 초롱초롱 빛내며 자리를 메우고 있었지만 스태프들은 달랐다.

이미 대남의 출현 사실을 알고 있는 시점이지만 긴장되는 것은 매한가지인지 진행자는 볼에 바람을 넣었다 뺐다 하며 연신 입을 풀어 보였다.

"스탠바이, 오 분 전!"

조연출의 목소리가 세트장 안을 힘차게 울렸다. 한편에선 대남이 모습을 드러내지 않은 채 PD와 이야기를 나누고 있었다.

PD는 이전의 전화통화 때와는 다르게 이마에 땀이 송골송골 맺혀 비처럼 흘러내리고 있었다.

"정말 괜찮겠습니까?"

대남의 물음에 PD는 결심한 표정으로 굳게 닫힌 입술을 열며 답했다.

"김대남 검사님하고 생방송 촬영하면서 많은 경험을 했었습니다. 애초에 검사님 아니었으면 '시사 쟁점 토론'이 이렇게까지 유명해지지도 못했을 거고, 대한민국이란 나라에 이렇게 많은 비리가 존재하는지 알면서도 그러려니 묵인했을 겁니다. 남들은 다 말로만 정의를 외치지만 검사님은 다르지 않습니까. 제가 그래도 방송국 PD라서 다행입니다. 이렇게라도……."

PD는 세트장을 바라보며 기쁜 미소를 지어 보였다.

"검사님의 뜻에 도움을 드릴 수 있으니 말입니다."

연신 땀을 흘려대고 있으면서도 입꼬리만은 올라간 PD의 양손을 꼭 잡아준 뒤, 대남은 걸음을 옮겼다.

대남이 세트장 위로 올라서니 방청석에 앉아 있던 일반인들의 두 눈이 휘둥그레졌다. 각종 언론매체를 장식하고 있는 김대남 검사가 눈앞에 나타났기 때문이다.

진행자가 대남을 향해 긴장된 표정으로 고개를 끄덕였다.

"스탠바이, 일 분 전!"

조연출이 초조한 기색으로 스탠바이 신호를 외쳤고 수군거리며 동요하던 방청객들을 이내 진정시켰다. 그럼에도 세트장 내는 갑작스럽게 바뀐 출연자로 인해 혼란스러움과 놀라움이 공존하고 있었다.

일 분이란 천금 같았던 시간이 흐름과 동시에 굳게 닫혀 있던 진행자의 말문이 열렸다.

"자, '시사 쟁점 토론'의 진행을 맡은 아나운서 김현일입니다! 오늘은 여러분들께서 정말로 예상치 못했었던 특별 출연자를 섭외했습니다! 요즘 대한민국을 넘어서 외신에까지 소개되고 있는 유명 인물이자, 대한민국 검찰 역사에 새로운 전설을 써 내려가고 있는 특급 검사."

진행자는 대남을 손으로 가리키며 외쳤다.

"김. 대. 남. 검사입니다!"

자, 쇼의 막이 올랐다.

"김대남 검사께서는 현재 담록그룹과 관련한 사건 일체를 전담하고 계시다고 알려졌는데, 사실입니까?"

"그렇습니다."

대남의 담담한 대답 하나에도 장내는 살얼음판을 걷는 듯했다.

진행자의 얼굴에는 긴장과 초조한 기색이 동시에 뒤섞여 흐르고 있었다. 그래도 프로답게 질문을 놓치지 않고 계속해서 이어나갔다.

"실례가 되지 않는다면 질문을 하나 더 하겠습니다. 담록그룹의 후계자들을 긴급체포하던 과정에서 삼성동 담록그룹 제일선 회장의 저택에서 총기가 발포되었다던데 맞습니까……?"

"공포탄을 쏘기는 했습니다."

"……!"

방청객들이 경악에 물든 표정을 지어 보였다. 세트장을 지키고 있던 PD와 스태프들이라고 다르지는 않았다.

삼성동에서 총기가 발포되었다는 말은 사실관계가 파악되지 않은 것으로, 기자들 사이에서만 맴돌던 이야기였다. 담록그룹이 관련된 이야기였기에 함부로 말할 수 없었기 때문이리라.

"현재 담록그룹의 임원진들은 제시라 사장의 탄원서를 제출하는 데 힘을 모으고 있다고 들었습니다. 사건을 맡으신 김대남 검사가 보시기에 어떻습니까? 탄원서를 타당하다고 보십니까? 그들은 제시라 사장의 불법 상속 행위가 명백한 '실수'라고 단정 지으며 선처를 호소하고 있습니다. 항간에는 담록그룹의 제일선 회장이 작고한 마당에 그 뒤를 이어갈 실질적인 경영주를 구속하는 것에 대한 말들도 많은데요."

진행자가 말이 끝나자 카메라 감독이 대남의 얼굴을 줌인했다.

확실히 담록그룹은 여론을 이용해 제시라 만큼은 실형을 피하게 하려 각고의 노력을 다했다. 유언장에 적힌 내용대로라면 제시라가 제일선 회장의 뒤를 이어갈 것이 자명했기 때문이다.

"도둑이 제 발을 저린 것 아니겠습니까."

"네?"

"본래 탄원서라는 것이 국가와 공공 기관에게 구제를 바라는 뜻을 기입하는 문서인데, 제시라 씨가 행한 행위는 설령 실수였다고 한들 명백한 범법 행위이며, 실수라고 말하는 것 자체가 법치국가의 원리를 짓밟는 행동이나 다름없습니다. 담록그룹은 이제는 고인이 되신 제일선 회장의 유지를 이어받아 더욱 성장해야 될 테지요. 한데……."

이어지는 뒷말에 장내가 들썩였다.

"언제까지 이런 파렴치한 짓을 일삼을 것인지, 도통 모르겠군요."

대남의 단호한 말에 진행자가 숨을 들이켰다. 과연 대한민국의 어느 누가 담록그룹을 향해 이토록 쓴소리를 내뱉을 수 있단 말인가.

세트장 한편에 자리하고 있던 PD조차도 놀란 기색을 감추지 못하는 모습이었다.

"저는 이번 사건에 제 검사직을 내놓았습니다. 왜인지 아십니까?"

검사직을 내려놓았다는 말에 장내가 또다시 술렁였다. 대남은 천천히 고개를 돌려 정면 카메라를 바라봤다. 카메라 감독은 손에 땀이 나는 것도 잊은 채 대남의 입술만을 주시하기 시작했다.

"돈 없고, 힘없고, 빽도 없으면 없는 죄도 만들어진다고 국민들은 입을 모아 말합니다. 법치국가는 명백히 법치주의에 의

거해 헌법 아래 그 누구나 평등함을 보여야 할 것입니다. 그간 대한민국의 역사를 되짚어보면 수많은 사건이 있었습니다. 국민들이 보시기에는 그 모든 사건에 정당한 판결이 내려졌다고 생각하십니까? 만약 아니라는 생각이 드신다면 대한민국은 정말 법치국가가 맞을까요?"

장내가 침묵에 잠겼다. 마치 모두가 머리에 찬물을 끼얹은 듯한 표정이었다.

"저는 이러한 담록그룹 사건을 조사하면서 이러한 의구심을 품을 수밖에 없었습니다. 작금의 상황을 보더라도 그렇습니다. 명백히 범죄를 저질렀는데 실수라 치부하며 선처를 바란다니요. 죄 앞에 실수란 말은 허용할 수 없으며 선처란 존재할 수 없습니다. 검사로서 검사로 살기 위해 이번 사건을 끝으로 검사직을 내려놓겠다 공언했습니다. 지금은……."

대남은 고개를 들어 정면 카메라를 바라보며 단언했다.

"지금은 국민들의 힘이 필요한 때입니다."

경종을 울리는 말이 아닐 수가 없었다. 대남의 목소리는 파도처럼 밀려와 사람들의 가슴을 두드렸다. 검사로서 검사로 살기 위해 호소하는 그의 모습은 세트장을 감돌던 긴장감과 두려움을 떨치게 해주었다. 진행자는 결의에 찬 표정으로 마이크를 휘어잡았다.

"자, 김대남 검사께서 현재 '시사 쟁점 토론'을 시청하고 계시는 시청자 여러분을 포함해 대한민국의 국민 여러분께 한 말씀 하셨습니다. 지금 방청석에 자리하고 있는 일반인 방청객들 또한 그 대상에 포함이 될 텐데요. 혹 김대남 검사에게 질문하고 싶은 방청객분 계십니까? 자주 오는 기회가 아니니, 부담 가지지 말고 어서 손을 들어보세요!"

진행자는 부드럽게 멘트를 이어나갔다. 카메라 감독이 정면 카메라를 돌려 방청석을 비추었다. 방청객들은 자신을 향하는 카메라에 움찔거리기도 잠시 눈치를 살피다 너 나 할 것 없이 손을 들어 보였다. 즉흥적으로 이루어진 출연자와 방청객 간의 질의응답 코너였지만 반응만큼은 그 어느 때보다 뜨거웠다.

"거기 청남방 입으신 여성분! 가장 먼저 손을 들어주셨습니다."

진행자는 자신의 멘트가 끝나기가 무섭게 손을 들어 보인 여성을 지목해 보였다. 대남은 자세를 돌려 방청석을 바라봤다.

대남의 시선 때문인지 추운 날씨 때문일지, 볼 주변으로 빨갛게 홍조가 오른 여성이 자리에서 일어났다. 그녀는 대남을 바라보며 심호흡하다 운을 띄웠다.

"김대남 검사는 그간 검사직을 수행하면서 수많은 사건을 맡아 오신 것으로 알고 있습니다. 평검사가 맡기에는 규모가 커 대부분이 사회에 크나큰 파장을 일으킬 만한 대형 내부 고발 사건들이었는데, 이러한 사건들만 주로 맡아 오신 이유가 있습니까?"

여성의 질문처럼 대남은 시보 생활 때부터 두각을 나타냈다. 특히 내부 고발과 관련한 비리형 사건들을 전담함으로써 항간에선 대남이 내부 고발 전문 검사라 불리기까지 하고 있었다.

카메라가 움직이며 대남과 정면을 마주했다.

"대형 내부 고발 사건만을 전담했다고 생각하신다면 그건 크나큰 오해입니다. 저는 검사직무를 수행하면서 한 번이라도 사회적 이슈가 되려고 노력한 적은 없습니다. 그저 눈앞에서 목도해온 사건들이 전부 사회에서 관심 가질 만한 사안의 연속이었을 뿐입니다. 평검사인 제 눈에도 부패의 산물이 이렇게나 장황히 보이는데 앞선 검사님들은 과연 정말로 보지 못했던 걸까요?"

"……!"

대남의 발언은 대한민국 검찰을 냉철히 겨냥한 말이나 다름없었다. 세트장이 놀라움으로 가득한 가운데, 대남은 다시 한번 카메라를 통해 발언함으로써 방송을 시청하는 모두의 뇌리에 재차 각인시켰다.

"내부 고발 사건을 맡기 위해 노력한 적은 없습니다. 평검사라는 말단의 자리에서도 도처에 자리하는 수많은 비리를 알 수 있었고, 저는 단지……."

이어지는 뒷말에 PD가 숨을 집어삼켰다.

"외면하지 않았을 뿐입니다."

많은 생각을 거듭하게 하는 말이었다.

황색언론에서는 검사인 대남의 과도한 언론플레이와 수사 스타일을 향후 정치계로 발돋움하기 위한 밑 작업이라 평하며 질타를 가했다. 여야당에서는 너 나 할 것 없이 대남을 어느 타이밍에 자당으로 영입할지 눈치를 보고 있었지만 정작 대남의 의중을 아는 이는 없었다.

"2번째 열 제일 우측 남성분!"

진행자의 말에 이번에는 중년의 남성이 질의권을 얻었다. 그는 솔직하게 자신을 기자라 밝히며 먼저 말문을 열었다.

"한종일보의 김수남 기자입니다. 저는 오늘 김대남 검사가 '시사 쟁점 토론'에 나오는 줄 모르고 참석했다가 현장에서 이렇게 뜻깊은 특종을 맞이하게 돼서 정말로 영광으로 생각하고 있습니다. 하지만 궁금한 점이 한 가지 있습니다. 담록그룹은 명실상부 대한민국을 지탱하고 있는 기업인데 이토록 가혹한 수사를 펼치게 된다면 앞으로의 담록의 향방은 어떻게 되는 것이며 김대남 검사가 궁극적으로 얻고자 하는 것은 무엇입니까? 혹 정치계로의 입문입니까?"

"……!"

아니나 다를까, 대남의 의도를 곡해해 해석한 인물이 나타났다. 더욱이 황색언론에서 대남에 대해 가장 자극적으로 다루고 있는 정치계 입문에 대한 질문까지 던졌다.

고조되었던 장내는 삽시간 적막감이 짙게 깔렸다.

"담록그룹의 후계자들이 실형을 산다고 해서 담록이 무너진다고 생각하십니까?"

"그, 그렇죠. 실상 오너가 없으니, 그러한 기업 이미지가 얼마나 소비자와 투자자에게 불신을 주겠습니까. 그 영향으로 담록그룹의 근간이 뒤흔들리게 될 터이고 결국 대한민국 경제가 무너지게 될 겁니다."

"개소리하지 마십시오."

"……!"

대남은 담담하고도 날카로운 어조로 기자라 칭한 인물을 직시하며 말했다.

"담록이 무너진다 해서 대한민국이 무너진다면 이 나라는 아예 없어지는 게 낫습니다. 민주주의 체계를 성립한 국가가 로열이라 불리는 오너 일가가 지배하는 그룹에 의해 좌지우지되는 거라면 그야말로 어불성설 아니겠습니까. 범죄행위에 대한 엄벌을 논하고 있는 자리에서 그러한 논점 흐리기는 그야말로 토 나올 만큼 치졸하기 짝이 없습니다. 설마 정말 담록그룹의 후계자들을 대한민국의 왕족이라 생각하는 건 아니지요?"

대남의 물음에 기자의 얼굴이 시뻘겋게 달아올랐다. 그 모습 역시 카메라 감독의 눈을 피하지 못하고 생방송으로 송출되고 있었다.

대남은 담담히 고개를 끄덕이며 뒷말을 이어나갔다.

"또한 저는 정치계로의 입문에는 일절 관심이 없습니다. 오염된 물에 일부러 발을 담글 필요는 없지 않습니까."

"……!"

"제가 이렇게까지 말하는 까닭은 자칭 어르신이라 말씀하시는 정치계의 윗분들뿐만 아니라 국민 여러분들 모두가 각성해주길 바라기 때문입니다. 제가 종전에 말하지 않았습니까. 국민들의 힘이 필요한 때라고요. 만약 이번에도 담록그룹에 대한 사건이 유야무야 종결된다면 그것은."

모두가 대남의 입에 집중했다.

"대한민국 법체계의 종말을 뜻하게 될 것입니다."

"……!"

"만약 김대남 검사의 말대로 국민들이 힘을 모아 소리친다면 어떻게 될 것 같습니까……?"

진행자는 홀린 듯 대남을 향해 물었다. 정말로 대남의 말처럼 국민들이 힘을 모은다면 어떻게 될까, 한 치 앞도 예상하지 못하는 게 사람 살이라지만 대남이라면 그 해답을 알고 있을 것만 같았다.

대남은 엷게 미소 지으며 말했다.

"잊으셨습니까."

"네?"

"항상, 힘든 일이 있을 때마다 국민들이 힘을 모아 나라를 바꿨습니다. 대한민국이란 나라가 그렇습니다. 힘을 모으고 소리를 친다면 제아무리 힘없는 사람이라 할지라도 세상을 바꿀 수 있는 법입니다. 일 년 뒤의 대한민국과 지금의 대한민국은 자못 다를 것입니다."

대남은 정면 카메라를 향해 손가락 하나를 펼쳐 보았다.

"일 년입니다."

그렇게 일 년이 흘렀다.

"정말 그만둘 겐가?"

서울 중앙지검장 이명학은 고개를 들어 자신의 앞에 기립해 있는 대남을 바라봤다. 담담한 얼굴로 사직서를 들이민 대남의 얼굴에는 그 어떠한 흔들림이나 망설임조차 보이지 않았다.

이명학은 안타까운 표정으로 재차 물었다.

"담록그룹 사건을 비롯해서 기타 많은 사건이 자네가 아니었다면 시작하지 못했을 일이지. 불과 일 년이란 짧은 시간 동안 많은 것들이 바뀌었어. 그러나 아직까지 긴장의 끈을 놓기에는 이르다는 것을 자네도 알지 않나? 담록은 항소를 멈추지 않을 테고 말일세."

담록의 후계자들은 실형을 선고받았지만 판결에 불복하며 항소를 멈추지 않았다. 또한 언론플레이 역시 멈출 기미가 보이지 않았다. 일부 언론에서는 아직도 대남을 헐뜯는 기사들이 난잡하게 올라오고 있었고, 서울 중앙지검장으로 승진한 특수통 이명학에게도 어느덧 그 칼끝이 드리워진 상태였다.

하지만, 국민들이 변했다. 과거 민주화운동을 방불케 하는 대규모 시위대가 담록의 사옥 도처와 1심 재판 날 법정 앞을 가득 메웠고 그 관심은 끊이질 않고 계속해서 이어졌다. 그 모든 시발점은 아마도 대남일 것이다.

"지금은 국민들의 힘이 필요한 때입니다."

그 말 한마디가 원동력이 되어 지금의 결괏값에 이르렀다고 할 수 있었다. 대남은 자신의 사직서를 기어코 만류하는 이명학을 바라보며 천천히 말문을 열었다.

"검사로 살면서 많은 일을 겪었습니다. 처음에는 호기심으로 시작한 사법 고시였습니다. 한데 나날이 지나갈수록 제 가슴 깊숙한 곳, 응어리진 데를 두드리는 기묘한 기분에 점차 빠져들었지요. 짧은 시간이었습니다. 하지만 검사로서의 삶을 살며 겪었던 경험들은 그 어떠한 시간보다 값졌습니다."

"특수부에 그대로 남아 있다면 자네의 앞날이 어떨지 누구보다 잘 알지 않나, 최연소 특수통까지도 노릴 수 있어."

"특수통이라…… 부질없습니다. 담록에 대한 비리는 이명학 차장, 아니, 지검장님께서 끝까지 책임지고 안고 가시리라 믿습니다. 저는 이만 물러나야 할 때입니다. 만약 제가 계속해서 검찰을 등지고 사회 전반적인 악을 들쑤신다면 대한민국이 몸살 나지 않고 배기겠습니까. 또한 이제 검사들의 생각이 바뀌고 있지 않습니까."

대남의 말대로 전국 검찰청 검사들의 가치관은 많은 변화를 겪고 있었다. 대남의 행동을 가리켜 무모한 자살행위라고까지 표현한 그들은 자신들의 잣대가 잘못되었음을 지난 일 년간 뼈저리게 깨달았다.

"곧 있으면 5공 군사정권 비리에 대한 재판이 열린다지요. 지검장님께서 보시기에 결과가 어떠할 것 같습니까."

"자네도 짐작하고 있지 않은가."

이명학은 짐짓 뜸을 들이다 운을 띄웠다.

"과부하된 국민들의 분노를 의식해 판결은 제대로 날 테지만 정말 이행될지는 두고 봐야 하는 일이겠지. 담록그룹 사건에 비하면 5공 청산은 계란으로 바위를 치는 것과 진배없지 않나."

"계란으로 바위 치기라."

"그래."

"솔직히 다행입니다. 검찰에 지검장님과 같은 분이 남아 계시다는 사실 때문에요. 계란으로 바위를 부술 수 없다고 하지만 지검장님은 아시지 않습니까. 낙숫물이 언제고 바위를 뚫듯이, 바위도 계란에 맞아 부서질 수 있다는 사실을요."

대남의 말에 이명학은 감명한 듯 고개를 주억거렸다. 틀리지 않은 말이었다. 대남을 보면서 느꼈던 지난 나날들을 되짚어보면, 도저히 불가능이라 치부했던 사건들을 대남은 보란 듯이 해내었다. 그리고 이로 인해 검찰총장을 비롯해 대검찰청의 수뇌부에도 대남과 같은 생각을 가진 인물들이 더러 생겨났다.

이미 대한민국의 뿌리 깊게 잠식하고 있던 검은 바위는 균열이 생기고 있었다.

"이제 저는 이만 일어나봐야겠습니다. 그만 고사하시고 사직서는 받아주십시오. 박수 칠 때 떠나라는 말도 있지 않습니까. 서부지검과 동부지검에 들러 동료들과 마지막 인사를 나눠야 합니다."

"벌써 가려고 하나."

"시간이 날 때마다 들르면 되지 않겠습니까. 멀지도 않은 데요, 뭘."

이명학은 대남이 대견스러웠다. 평검사의 신분으로 여기까지 사건을 끌고 온 것만 해도 손뼉을 치다 못해 경이롭다 말할 수준이었다.

담록그룹의 후계자들이 제아무리 반발한다 한들 국민들의 뜻을 꺾기란 요원해 보였다. 또한 시간이 흐를수록 담록그룹 또한 국민들의 분노를 의식해서인지 몸을 사리고 있는 것이 보였다.

"한데 지검장님, 저 검사 생활 잘했습니까?"

"미친놈, 그걸 말이라고."

대남의 물음에 이명학은 미소를 지어 보였다. 대남은 그제야 고개를 내려 손목시계의 시간을 확인했다.

낡은 시계 초침이 어느 때보다 더 영롱하게 물 흐르듯 흐르는 것 같았다. 이제야 시간이 제대로 돌아가고 있었다. 대남이 자리에서 일어났다.

"김대남이 검사 딱지를 뗐다니……. 자네가 갈 곳이 어디라 했지?"

이명학은 아쉬운 듯 대남을 바라보며 물었다. 대남은 문 앞에 서서 고개를 돌리고는 말했다.

"황금양입니다."

- 5장 -

황금양(1)

[차기 특수통, 김대남 검사 돌연 사직!]

[스타검사 김대남, 이제는 어디로?]

[대형 로펌의 탄생? 아니면 특수부 출신 CEO의 탄생?]

특수부 김대남 검사의 사직 소식이 알려지면서 각종 언론은 대남의 이야기를 주된 화두로 다루었다.

짧다면 짧은 검찰 생활이었지만 그간 대남이 보여준 임팩트와 사회 반향은 말로 형용할 수 없을 정도였기 때문이다.

"전부 자네 거취를 궁금해하고 있군."

사법연수원 이재학 교수가 대남에 관한 기사를 눈으로 훑으며 말했다.

그는 언젠가 대남에게 자신의 낡은 손목시계를 준 사람이었다. 현역 시절 못다 이룬 검찰 개혁의 꿈을 대남이 이뤄주기를 바라며 건네었던 것이다.

이재학은 고개를 들어 정면의 대남을 바라봤다.

"그간의 소식은 언론을 통해 잘 듣고 있었다네. 동료들과 인사는 잘 나눴는가? 자네가 이렇게 빨리 검사직을 그만둘 줄이야. 아쉽구먼. 정말이지 아쉬워……."

이재학은 대남이 검사직을 그만두는 것에 대해 진심으로 아쉬워하고 있었다. 박수 칠 때 떠나라는 말도 있었지만 이재학이 보기에 대남은 아직도 올라갈 계단이 무궁무진한 인재였다.

시보 생활을 시작으로 평검사에 이르기까지 대남은 무수히도 많은 일을 이뤄냈다. 가히 업적이라 칭할 만큼 대한민국 검찰 역사에 획을 그은 것이었다.

"사법연수원에서 자라나는 예비 법조인들을 바라보고 있자면 참 많은 것을 느끼게 되네. 생동감, 정의감, 용기. 하지만 자네처럼 날 가슴 뛰게 했던 학생은 없었어. 청출어람이라는 말도 어울리지는 않았지, 내가 자네를 가르치기에 앞서 자네는 이미 모든 것을 알고 있었으니 말이야."

이재학은 지그시 눈을 감고는 지난날의 기억을 회상했다. 사법연수원에서 처음 만난 대남은 군계일학이라는 고사로는 표현이 안 될 정도로 매사에 두각을 나타냈다.

시보 생활을 시작하면서 대남이 보인 뛰어난 사무 능력에 이재학은 그가 언젠가 검찰 역사에 이름을 아로새길 것이라 생각했었다. 이토록 빠를 줄은 몰랐지만.

"시계의 시간이 제대로 흘러가기 시작했으니, 새로운 시대에는 새로운 물이 원류가 되어 흘러가는 것이 이치일 테지. 언론에서는 자네가 앞으로 전관예우급의 대우를 받으며 로펌을 차릴 것이라는 말들이 많지만, 난 알고 있지. 그것들이 다 허황된 소문일 뿐이라는 것을."

"맞습니다."

대남은 애써 부정하지 않았다. 검찰직을 그만두면서까지 로펌을 차린다는 것은 그저 가십을 좋아하는 기자들의 헛소문이었다.

대남은 자신의 손목시계를 풀어 다시 이재학 교수에게 건네며 말했다.

"검찰 개혁이라는 단발적인 꿈을 이뤘을지 모르나, 장대한 검찰의 역사가 한순간에 바뀔 수 없듯이 차츰차츰 개선되어야 하는 것이 옳을 겁니다. 하나 저는 여기까지가 끝입니다. 앞으로 언젠가 다시 시간이 멈추게 된다면 교수님께서 또 다른 재목을 찾아주셔야 할 겁니다."

"자네라면 검찰총장 자리까지 능히 갈 수 있었을 텐데 말이야, 정의감은 넘쳤지만 야망이 부족했나."

검찰은 현재 자정의 길을 걷는 것처럼 보였지만 언제 또다시 악화일로의 길을 걷게 될지 몰랐다.

좀처럼 가늠이 되지 않는 판국에 대남 같은 인물이 검찰 내부 깊숙이 자리하고 있다면 그 존재만으로도 많은 힘이 될 것이 자명하다.

이재학은 괜스레 농 같은 말을 건네며 대남에게 아쉬움을 토로하고 있었다. 그 말에 대남이 답했다.

"야망이 없을 리가 있겠습니까."

"그럼?"

"검찰총장직만으로는……."

대남은 그 어느 때보다 담담하게 말했다.

"만족하지 못할 뿐입니다."

김대남이라는 이름 석 자가 주는 파급력은 대단했다. 황금양의 직원 A씨는 만나보지 못했던 사장의 복귀에 긴장된 마음으로 출근했다.

인사부서 사람들은 이미 며칠 전부터 김대남 사장의 복귀 소식에 회사가 떠나갈 듯 시끄러웠다. 그 모양새는 배급부서 사람들 또한 마찬가지였다. 자신의 팀장은 김대남 사장을 완전히 신격화하고 있었다.

"팀장님, 사장님이 그렇게 대단해요?"

A씨의 물음에 팀장 석혜영이 크게 고개를 주억거렸다.

"대단하다는 말로는 표현할 수가 없지."

"네……?"

"아무것도 없는 허허벌판에 지금의 황금양을 세운 거나 다름없으신 분이니까."

석혜영은 지금의 황금양이 금양출판이었던 시절부터 대남을 보아왔던 인물이었다.

그는 허물어져 가다시피 한 금양출판을 곧추세운 것도 모자라 현재 대한민국 외화배급에 선두주자 역할을 하며 달리고 있는 '황금양'을 만들었다.

불과 약관이 되지도 않은 나이부터 써 내려간 그의 전설은 법조계는 물론이고 배급업계에까지 깊게 뿌리 내려져 있었다.

"여태까지 황금양이 배급해왔던 외화들 기억하지?"

석혜영의 물음에 A씨가 크게 고개를 끄덕였다. 모를 리가 있겠는가, 명문 한국대를 졸업한 A씨가 신생 황금양이라는 기업을 선택한 결정적인 이유였다.

황금양은 모두가 선택하지 않았던 외화들을 위주로 전면배급을 시작해 믿기지 않을 만큼 대히트를 기록한 회사이다. 잠재된 기업 가치만을 따지고 보면 배급업계에선 대적할 만한 곳이 없었다.

"전부 사장님 안목이셔."

"배급부서 팀원들하고 의논한 게 아니고요?"

"의논은 하지, 왜 안 하겠어. 다들 전국에선 내로라하는 유능한 인력들인데. 하지만 사장님이 고르신 외화들은 항상 한국의 정서와 맞지 않거나 이름 없는 작품들이어서 배급팀에서도 만류했던 것이지. 하지만 결과적으로는 하나도 빠짐없이 대히트를 기록했어. 그때 가서는 배급부서에서도 사장님의 안목을 인정할 수밖에 없었지."

석혜영의 볼에는 홍조가 피어올라 있었다. 항상 냉철하고 위엄 있어 보이던 팀장이 사장에 대한 이야기를 할 때에는 이렇게 한 여름날의 얼음처럼 녹아내리는 모습이 새삼 달라 보였다.

A씨는 황금양에 입사한 이래 사장과 마주한 적은 없다. 하지만 항상 사장의 이야기는 언론을 통해 보도되어 왔었다.

[불세출의 천재 검사 김대남.]

평검사로는 이례적이라 할 수 있을 만큼 수많은 내부 고발 사건을 다룬 검사, 이 시대가 진정으로 원하는 검사, 대한민국 헌정 이래 검찰 개혁을 일으킨 유일한 인물. 수많은 수식어가 그의 이름 뒤에 뒤따랐다.

"그나저나 많이도 왔네."

석혜영이 창밖을 힐끗 쳐다보고는 넌지시 말했다. 황금양의 정문에는 이미 수많은 기자가 인산인해를 이루고 있었다.

현재 대한민국 언론의 최대 화두 중 하나가 대남이라 할 정도로 그 관심도는 천정을 치솟을 지경이었다.

"어!"

석혜영과 함께 창밖을 보고 있던 A씨가 나지막한 탄성을 터뜨렸다.

이제 막 황금양 정문으로 유려한 몸집의 자동차 한 대가 미끄러지듯 들어섰기 때문이다.

차 문이 열리고 내린 사람은 다름 아닌 대남이었다. 기자들의 시선을 피하지 않고 당당히 들어오는 모습이 웬만한 사람은 따라 하지도 못할 만큼 자신감이 넘쳐 보였다.

"사, 사장님?!"

석혜영은 마치 귀신이라도 본 듯 두 눈을 크게 부릅떴다. 본래 기자들을 의식해 후문으로 도착한 뒤 기획부서와 함께 기자들의 질의응답에 대비할 예정이었다.

사전 준비 없이 벌어진 돌발 행동이었지만 대남의 발걸음은 언제나처럼 거침이 없었다.

"......!"

발을 동동거리며 황금양 정문 앞을 지키고 있던 기자들의 눈이 휘둥그레졌다. 대남이 황금양으로 복귀한다는 소식에 새벽녘부터 자리를 지키고 있었지만 이렇게 이른 시각에 대남이 나타날 줄은 상상도 못 했기 때문이다. 하지만 놀라기도 잠시, 그들의 질문이 대남을 향해 쇄도했다.

"김대남 검사, 아니, 김대남 씨. 이제는 황금양으로 돌아갈 계획이십니까!"

"대형 로펌을 설립한다는 소문이 있는데 이는 어떻게 생각하십니까!"

"앞으로 황금양 말고도 다른 기업체를 운영하실 생각이 있으신 겁니까?"

기자들의 질문은 쉴 틈 없이 빗발치고 있었다. 황금양 건물의 모든 창문에는 벌써 직원들이 너 나 할 것 없이 달려들어 상황을 지켜보고 있었다.

수많은 기자에게 질문을 받는 대남의 모습은 장관이었다. 보기만 해도 위압감과 압박감에 숨이 옥죄어오는 기분이었지만 대남은 긴장하거나 초조한 기색 없이 여유로워 보였다.

그 순간, 신비한 일이 벌어졌다.

"황금양."

대남의 말 한마디가 시장통 같았던 기자들 사이에 울려 퍼지자 거짓말처럼 삽시간에 조용해졌다.

기자들은 흥분을 감추지 못하고 각각 녹음기, 펜과 수첩을 잡은 손아귀에 힘을 주고 있었다.

"먼저 이제 검사 김대남이라는 직함은 존재하지 않습니다. 하지만 어느 자리에 있건 정의를 실천할 것을 잊지는 않을 것입니다. 그리고 저의 새로운 보금자리이자 날개를 틔울 곳은 여러분들의 예상대로 황금양입니다."

"검사직을 이토록 빨리 사직한 이유는 무엇입니까, 아직 나이도 젊고 이룰 수 있는 일들이 무궁무진해 보이는데 말입니다!"

"그곳엔 더 이상 이룰 게 없기 때문입니다."

대남의 말에 기자들의 머리 위로 의문이 떠올랐다. 대남은 기자들을 훑어보고는 천천히 말을 이어나갔다.

"검찰에서 이뤘던 개혁들은 미완의 개혁이라 할 수 있습니다. 완전히 바로 세우기에는 시간이 오래 걸리겠지요. 하나 현재 검찰에는 믿음직한 검사들이 여럿 남아 있습니다. 분명 시대는 변하기 시작했고, 그들을 믿습니다. 전 못다 이룬 미완의 개혁을 검찰 밖에서 이루려 합니다."

"검찰 밖에서 말입니까……?"

대남은 고개를 돌려 황금양 사옥을 바라봤다. 뒤로는 기자들이 무수히 자신을 쳐다보고 있었고 사옥의 창문에는 수많은 눈이 저를 바라보고 있었다. 대남은 황금양 사옥을 가리키며 운을 띄웠다.

"기자 여러분들이 보시기에, 황금양이라는 기업이 어디까지
클 것 같습니까?"

황금양은 현재 외화배급과 영화제작을 주로 하고 있는 영화
계 기업이었다. 하지만 이미 업계에선 신성이라 불리며 혁혁한
기록을 갈아치우는 중이다. 이미 기업 가치로만 따지자면 웬
만한 선두주자들과 어깨를 나란히 할 정도였다.

하지만 황금양이 정확히 어디까지 어떠한 업종으로 규모를
키울지는 그 누구도 장담할 수가 없었다.

단 한 명 대남을 제외하고 말이다.

"대한민국의 담록은 그 누구도 부정할 수 없는 명실상부 최
대 기업이었지요. 하나 내부 비리가 발각되고 최고라는 명성
에 지울 수 없는 흠집이 생겼죠. 이 자리에서 장담하겠습니다.
황금양은 단 오 년 안에."

이어지는 뒷말에 기자들이 숨을 집어삼켰다.

"담록을 뛰어넘습니다."

허황된 헛소리라 치부할 수 있는 말이었다. 하나 그 말의 주
체가 대남이 됨으로써 기자들은 침을 꿀꺽 삼켰다.

대남이 여태까지 보인 모습을 살펴보면 불가능한 일을 해내
는 기적 같은 행보의 연속이었다. 담록을 뛰어넘는다는 말은
그 문장만으로도 많은 파문을 일으킬 것이다.

기자들이 놀라움을 머금고 입을 열지 못하는 가운데, 대남은 유유히 걸음을 옮겨 황금양 안으로 들어섰다.

　"뭘 그렇게 보고 있습니까, 석혜영 팀장."

　"……!"

　갑작스레 뒤편에서 들려오는 목소리에 고개를 돌린 석혜영은 놀라 자리에 주저앉을 뻔했다.

　A씨라고 다르지 않았다. 왜냐하면 목소리의 근원지에는 바로 종전까지 저들의 이야기의 주제가 되었던 대남이 서 있었기 때문이다.

　직원들이 대남의 얼굴을 확인하고는 전체 기립했다.

　"오래간만입니다. 여러분."

　대남의 나지막한 목소리가 황금양 안을 울렸다.

　대남은 사장실에 앉아 '황금양'에 소속된 배우 명단을 훑어보고 있었다.

　자신이 검찰에 몸담고 있는 동안 황금양은 많은 변화를 꾀했다.

　금양출판과 함께 황금양을 맡아 운영해 주시던 아버지는 인

수인계가 끝나는 대로 정든 금양출판으로 발걸음을 돌리셨다.

"영화업 계는 이제 진절머리가 난다, 진절머리가."

아버지가 하셨던 말이었다. 아무리 한 치 앞을 내다보기 힘
든 것이 세상살이라지만 영화업계에선 이러한 말이 통용되지
않았다.

충무로에서 횡행하게 벌어지는 영화계 종사자들의 말을 들
어보면 흥행 영화는 따로 있는 것이 아니었다.

사람들의 입소문을 타는 것은 후자요, 첫 번째는 바로 극장
가를 독점할 수 있느냐 없느냐의 문제였다.

영화 배급에 관해선 따라올 자가 없을 정도로 탁월한 안목
을 지닌 대남 덕분에 그간 황금양이 승승장구할 수 있었지만
제작에는 아직까지 이렇다 할 성과를 보이지 않고 있었다.

한때 거장이라 불렸던 영화감독을 섭외했고, 배우들을 포
진시켰지만 역부족이었다.

"몸집은 커졌지만, 아직까지 자체적으로 뚜렷한 성과랄
게……."

해외배급의 연이은 성공으로 배급업계에서의 가치는 올라
갔을지 모르나, 한계가 보였다. 한 발자국 더욱 높은 곳으로 도
약하기 위해선 영화제작에 이은 다른 분야로의 진출까지도 생

각해 봐야 했다.

똑똑-

"들어오세요."

대남의 말에 사장실의 문이 열렸다. 문을 열고 들어온 이는 낯익은 인물이었다.

대한민국 영화계의 거장이라 불렸지만 국내 영화가 투자자들의 외면을 받다 보니 더 이상 필모를 채우기보다는 후학을 양성하는 데 힘썼던 '곽열' 감독이었다.

"오래간만입니다, 감독님."

곽열 감독은 지난 수개월 동안 자신이 구성한 사단을 꾸려 황금양의 지원으로 영화를 제작하기에 이르렀다. 하지만 과거의 명성과는 상반되게 이렇다 할 성과를 내보이지는 못하고 있었다. 그간 대남이 황금양에 자리하진 않았지만, 그 속사정까지 모르지는 않았다.

"아직 여배우 자리는 공석입니까?"

"자네 얼굴을 볼 면목이 없군. 검사로 활동하는 동안 언론지에서 얼굴을 수차례 보았지. 황금양의 수장이 이리 대단한 인물인데 한평생 영화에 몸 바쳤던 내가 이토록 무력한 모습을 보여줘서야, 거장이라는 이름이 참 씁쓸하게 느껴지더군……."

"곽 감독님의 영화제작에 많은 여배우가 관심을 가진 것으로 알고 있는데 그중 단 한 명도 마음에 들지 않으셨군요."

대남 또한 입맛이 씁쓸해졌다. 곽 감독은 거장이라는 과거의 명성처럼 곽열 사단이 새로운 영화제작을 위해 힘쓰고 있다며 충무로에 소문이 날 적만 해도 너 나 할 것 없이 수많은 여배우가 오디션장을 찾았다. 하지만 곽 감독의 마음에 차지 않는 것이 문제였다.

"이번 영화에 내 인생을 걸었다 해도 과언이 아니거늘, 그만한 재목이 나타나지 않으니……."

곽 감독의 얼굴에는 세월의 흔적이 가득했다. 깊게 팬 주름뿐만 아니라 군데군데 피어오른 검버섯은 그의 나이를 가늠케 해주었다.

어쩌면 이번 작품을 마지막으로 자신의 영화 인생에 있어 마침표를 찍게 될지도 모른다 생각했는지, 그는 꽤 신중해 보였다.

"염두에 두신 배우는 없으십니까?"

대남의 물음에 곽 감독은 짐짓 뜸을 들이고는 말했다.

"초로에 묻힌 보석을 내 무슨 수로 찾을 수 있겠나, 기성 배우들은 이미 저들의 색이 확고해 더 이상 내 눈을 빛내주지 못하네."

황금양은 그간 영화계에서 많은 배우를 영입하는 데 성공하며 입지를 굳혔다. 하나 곽열 감독의 말대로 이미 경력이 어마어마한 인물이 대부분인지라 영화계의 먹물에 가미되지 않은 신인은 거의 없다고 봐도 무방했다.

"그 문제에 대해선 걱정하지 않으셔도 좋습니다."

"그게 무슨 말인가……?"

곽 감독의 얼굴에 의문이 피어올랐다. 원석을 찾아내는 일은 그 무엇보다도 힘든 과정이었다. 우연히 발에 채일 수도 있지만 대부분이 그 빛을 발하지 못하고 살아갈 뿐이었다. 그렇기에 대남의 말은 어폐가 있었다.

대남은 곽 감독을 바라보며 나직이 말했다.

"조금 있으면 알게 되실 겁니다."

그 순간, 문 너머로 노크 소리가 들려왔다.

"좋아요, 아주 좋습니다!"

이번에 새로 일일연속극을 맡은 드라마 PD의 입가가 찢어질 듯 말아 올라가고 있었다.

고지원은 명실상부 충무로의 최고 스타였다. 반짝 타오르는 일회성에 지치지 않고 롱런할 가능성이 매우 농후한 여배우나 다름없었다.

그런 인물이 영화가 아닌, 일일연속극에 먼저 출연하겠다고 의사 표시를 한 것은 뜻밖의 일이었다.

"아직 연락 안 왔어?"

촬영 중간, 고지원이 의자에 앉은 채 대본을 읽어 내려가며 말했다.

옆에서 연신 부채질을 하고 있던 개인 매니저가 곤란한 표정을 지어 보이다 말했다.

"그, 그게 아직 연락이……."

고지원의 미간이 좁혀졌다. 본래 고지원의 성정대로라면 일일연속극같이 고된 여정을 소화하는 작품에는 먼저 발을 들일 생각이 없었다.

또한 영화계와 방송계가 가지는 미묘한 간극을 생각한다면 톱 여배우가 자진해서 드라마 촬영에 임하는 경우는 흔한 경우가 아니었다.

"내가 소속사도 나오고, 혼자서 일일연속극에까지 출연했는데 아직까지도 연락이 없어? 어이가 없네."

고지원은 음료를 마신 후 들고 있던 빈 종이컵을 거칠게 구겨 던졌다. 그녀가 일일연속극에 출연하게 된 주된 이유는 바로 대남이었다.

영장실질심사를 도와주고 난 후, 대남은 황금양에 소속되길 원하는 고지원에게 한 가지 조건을 내걸었었다.

'일일연속극에 출연해라, 배우는 영화와 드라마를 가리지 않고 어느 환경에서도 완벽한 연기를 보여줄 필요가 있다. 황

금양에 들어오는 건 차후의 문제이다.'

톱스타인 자신을 가지고 말도 안 되는 제안을 하는 대남의 모습에 기가 찼지만 고지원은 믿기지 않게도 그 제안을 수락했다.

'롱런할 수 없는 배우.'

대남은 일전 방송을 통해 고지원을 이렇게 평가했었다. 고지원은 처음에는 그 말이 고깝게 들렸으나 시간이 지날수록 인정할 수밖에 없었다. 그리고 누군가를 생애 처음으로 믿어 보고 싶다는 생각까지 했다.

"네가 보기엔 내가 롱런할 수 없을 거 같아?"

고지원의 물음에 매니저가 황급히 고개를 저어 보였다. 그는 신인 시절부터 고지원의 곁에서 매니저 역할을 해왔던 인물이었다. 전담 배우라 할 수 있는 고지원의 종잡을 수 없는 성정을 두고 기존 소속사에선 설왕설래가 많았다.

다만, 소속사를 나오고 둥지를 틀지 못한 상태에서 기존의 성격대로라면 결코 하지 않을 일일연속극을 자처해서 나온 고지원이 대견했다. 고지원은 분명 변화하고 있었다.

"수고하셨습니다."

"지원 씨, 오늘 연기 좋았어요!"

촬영이 끝난 후에도 PD의 얼굴은 여전히 싱글벙글했다.

그건 제작진들도 마찬가지였다. 처음에는 저들끼리에서도 익히 유명한 고지원의 성격을 두고 일일연속극을 하다 펑크를 내거나 때려치우는 게 아니냐는 말들이 많았지만 고지원은 묵묵히 잘 따라와 주었고, 기대 이상의 연기를 보여주어 사람들을 감탄케 만들었다.

말 그대로 스타라는 별칭이 무색하지 않았다.

"누, 누나. 연락 왔어요!"

매니저가 헐레벌떡 뛰어와 고지원에게 말했다. 그 모습에 고지원의 얼굴에 옅은 미소가 잠시 자리했다 사라졌다.

"……?"

고지원이 아무 말 없이 걸음을 옮기자 매니저의 얼굴에 의아함이 떠올랐다. 그토록 기다리던 연락이 왔는데도 별다른 말이 없었기 때문이다.

고지원은 세트장을 빠져나와 미리 주차되어 있던 승합차에 몸을 실었다. 운전석에 앉은 매니저가 고개를 돌려 고지원을 바라보며 조심스레 물었다.

"어, 어디로 모실까요……?"

고지원이 선글라스를 끼며 짧게 말했다.

"황금양."

끼리릭-

사장실의 문이 열리고 들어선 인물에 곽 감독의 눈이 가늘게 좁혀졌다.

문을 열고 들어온 인물은 안에 있는 사람이 두 사람임을 확인하고는 잠시 당황하는 듯했으나, 곧장 짙은 선글라스를 벗어 보이고는 영화계의 거장 곽열 감독에게 고개 숙여 보였다.

"처음 뵙겠습니다. 고지원입니다."

"그래요, 이름은 들어봐서 알고 있습니다만……."

곽 감독은 뒷말을 흐리며 대남을 바라봤다.

조금 있으면 알게 된다더니 고지원을 뜻하는 말이었던가, 물론 기성 여배우를 아예 생각하지 않은 것은 아니었다. 또 그 중에는 고지원도 있었다. 하나 분명 곽 감독이 지향하는 작품의 뮤즈와 고지원은 궤가 달랐다.

"계약서는 개인적으로 보면서 작성할 줄 알았는데, 감독님이 계시네요?"

고지원 또한 의아하기는 마찬가지인 듯했다.

앞선 상황을 모르니 곽 감독이 자신을 묘하게 바라보고 있는 모습이 이해되지 않았고 흥미로운 듯 두 사람을 바라보는 대남이 영 마음에 들지 않았다.

대남은 그러한 두 사람의 생각을 읽은 것인지 천천히 말문을 열었다.

"고지원 씨는 저희 황금양과 함께할 배우이고, 곽열 감독님은 충무로의 거장이시자 황금양에서 전대미문의 영화를 제작하실 분이시지요. 전 고지원 씨에게는 롱런할 수 있는 배우가 되게끔 만들어주겠다 했고 곽 감독님께는 무너져 가는 대한민국 영화계를 다시 일으켜 세우자 말했습니다."

대남은 고개를 들어 고지원을 바라봤다.

"고지원 씨는 아직도 많이 모자란 배우입니다. 주변에선 톱스타라 띄워줄지 몰라도 제가 보기엔 아닙니다. 물론 검찰 생활을 하다 온 제가 뭘 알겠냐고 반문하실 수도 있으시겠지만 만약 제 말을 믿고 신뢰하지 않으셨다면 고지원 씨가 황금양으로 오는 일도 없었겠지요. 전 고지원 씨가 자신만의 연기에 갇히지 말고, 다른 이들의 연기를 보았으면 합니다."

"연기를 보라고?"

고지원의 이맛살이 찌푸려졌다. 고지원은 충무로에서 아역 배우 시절부터 연기를 해왔던 인물이었다. 그만큼 자신만의 연기 철학이 두텁게 형성되어 있었다. 동년배들에게는 연기로써 진다는 생각은 결코 해본 적이 없다. 대남은 이번에는 곽열 감독에게로 고개를 돌렸다.

"곽 감독님께선 초야에 묻힌 뮤즈를 찾기를 바라십니다. 내로라하는 기존의 배우들에게선 느껴보지 못했던 새로운 감정을 말이지요."

"그렇지."

"황금양은 앞으로 크게 도약할 기업입니다. 전 분명 오 년 안에 담록을 뛰어넘어 최고가 되겠다 공언했습니다. 영화업계는 황금양이 더 높은 곳으로 뛰어오를 수 있는 시발점이 될 것입니다. 고지원 씨는 연기를 보고 알아야 하며, 곽 감독님께선 뮤즈를 찾아야 한다. 그리고 황금양은 영화업계를 지배해야 한다. 이 세 가지가 요건이 충족되려면."

대남의 말에 두 사람의 시선이 집중되었다. 좀처럼 감이 잡히지 않는 가운데, 대남의 목소리가 두 사람의 귓가를 때렸다.

"먼저 전도유망한 배우 풀을 늘리면 될 문제가 아니겠습니까. 심사위원은 곽 감독님과 고지원 씨입니다."

"뭐?"

"네?"

곽 감독과 고지원이 동시에 의아한 얼굴로 대남을 바라봤다.

갑자기 배우 풀을 늘리겠다니 그게 무슨 뚱딴지같은 소리일까, 하지만 곽 감독과 고지원은 이내 대남의 의중을 알아채고는 눈을 부릅떴다.

대남은 황금양의 배우 명단을 살펴보며 염려한 점이 한 가지 있었다.

'정예로는 더할 나위 없이 손색이 없지만, 미래를 내다보기에는 한없이 인원이 적다.'

대남은 결심을 내린 듯 두 사람을 향해 나지막이 선고했다.

"황금양 배, 대국민 공개 오디션을 보겠습니다."

곽열 감독의 눈매가 날카롭게 변했다. 요즘 오디션 시장이 워낙 활성화되어 있다고는 하나 국민을 상대로 하는 오디션이라니, 상상조차 되지 않았다.

배우의 꿈을 가진 많은 젊은이가 연기, 오로지 그 하나만을 위해 대학로 극단에서 밤을 새워가며 기초부터 쌓아 올린다.

또한 정극 배우로 거듭나기 위해선 상상할 수 없을 만큼의 고된 역경이 뒤따른다. 굶어야만 제대로 된 연기가 나온다는 강박관념이 충무로에 깊게 박혀 있을 정도로 연기는 배고픔의 연속이라는 인식이 있었다.

영화 대부분의 오디션은 생짜 신인을 뽑기보단, 적어도 대학로 단막극에 한 번이라도 이름을 올려본 인물에 한하는 것이 사실이다.

"대국민 오디션이라……."

곽 감독이 눈을 지그시 감아 보이며 중얼거렸다. 대국민 오디션이라는 것 자체가 많은 리스크를 포함하고 있을 수밖에 없다.

　많은 사람의 관심을 받음과 동시에 질타 또한 생각해야 하기 때문이다. 자리에 앉은 고지원은 맞은편에 있는 곽 감독의 속내를 읽은 것인지 대신 말했다.

　"김대남 대표가 뜻하는 바를 모르지는 않지만, 충무로에서 두 손 놓고 가만히 있지는 않을 텐데요. 영화배우들의 텃세는 생각보다 심하니까요. 연기에 대해 가지는 그들의 자부심은 상상 그 이상이니."

　고지원은 아역 시절부터 충무로에서 연기를 해왔던 여배우이다.

　영화업계의 생태를 비롯해 자신이 보고, 듣고, 느낀 게 있으니 한 말일 테다. 충무로의 스타라 불리는 그녀가 느낄 정도의 텃세라면 경험이 전무한 신인들은 어떻겠는가.

　"나 또한 고지원 씨의 의견에 동감하는 바일세, 초로에 묻힌 신인을 찾는 것도 좋지만 연기를 한 번도 배워보지 못한 이를 정극에 기용하는 경우는 없다고 봐도 무방하니 말일세. 황금양의 배우 인력을 늘리는 것도 좋지만 고르지 못하게 늘어나는 자갈은 오히려 간극을 일으켜 위험할 수가 있어."

　"간극이라……."

　"그렇네, 시대가 변하기는 했지만 충무로는 여전히 그들만의 벽에 갇혀 있으니 말이지."

대한민국 연극에 대한 틀은 이미 해방 전부터 깊숙이 자리 잡고 있었으며 영화인들이 생각하는 연기에 대한 의미는 일반인들이 상상하는 단순한 몸짓이나 동작, 표정 연기를 뜻하는 것이 아니었다.

대남은 두 영화인의 만류에 씁쓸한 미소를 지어 보였다.

"이래서 안 된다는 겁니다."

"……!"

대남의 단호한 말에 고지원과 곽 감독이 동시에 놀란 표정을 지어 보였다.

대남은 그들의 시선을 받으며 묵묵히 말을 이어나갔다.

"대한민국 영화계는 후퇴하고 있습니다. 예전 홍콩 영화를 비롯해 마초 영화가 유행할 때에는 그 주류를 따라가고, 선정적인 신파극이 유행일 때에는 너도나도 그러한 기류를 따릅니다. 충무로는 이미 상업성이 짙어진 지 오래입니다. 그런데 연기에 대한 자부심만을 고수하고 있으니, 상황이 이러한데 언제까지 그런 막돼먹은 자존심을 곧추세울 생각입니까?"

"……!"

대남의 말에 두 사람의 눈이 부릅떠졌다.

물론 곽 감독이 유행에 민감한 영화감독은 아니었다. 오히려 자신만의 가치관과 신념을 가진 몇 없는 거장이었다. 하지만 그러한 인물도 이토록 만류하는 마당에, 실제 충무로의 분위기는 '대국민 공개 오디션'을 더욱 이해하지 못할 것이 자명했다.

"막돼먹은 자존심⋯⋯."

곽 감독이 씁쓸하게 혼잣말을 내뱉었다. 대남의 말처럼 자신마저도 영화인들이 가지는 본성에 어느새 물들었는지도 모르겠다.

고지원 또한 대남의 말에 적잖은 충격을 받은 듯했다. 애써 부정하고 있었지만 자신 또한 마음속 깊숙이 그러한 자존심이 조금은 남아 있었기 때문일 것이다.

"한데, 지원자가 그리 많겠나? 기존의 영화인들이나 연극인들은 자존심 때문이라도 지원하지 않을 터인데 말이야⋯⋯."

"그 점은 쉽게 해결 가능합니다."

"그게 무슨 말인가?!"

대남의 호언장담에 곽 감독의 눈이 휘둥그레졌다.

굶주림을 미덕으로 알아가며 연기에만 정진하는 이들이 수두룩하다. 극막 위에 발이라도 한 번 올릴 수 있기를 바라며 연기를 하는 그들은 일반인들처럼 초로에 묻힌 것이나 다름없었다.

문제는 과연 제 발로 대국민 공개 오디션에 나올 것인가다.

"상금 일억 원."

"⋯⋯!"

"합리적인 선택에는 그만한 대가가 뒤따르게 되어 있습니다."

이어지는 뒷말에 고지원은 절로 고개를 끄덕일 수밖에 없었다.

"굶주리며 연기를 할지, 배부르게 연기를 할지는 그들의 몫입니다."

- 6장 -

황금양(2)

"대표님, 금일 방송 출연 건으로 섭외 연락이 왔는데 어떻게 할까요?"

보통 같으면 영화사 대표에게로 방송 출연 연락이 올 리 만무했겠지만, 대남의 경우는 달랐다. 검찰 생활을 워낙 영화처럼 보냈기에 대남에 대한 국민적 관심도는 아직도 하늘을 찌를 듯 높은 상태였다.

대남은 '대국민 공개 오디션' 가안을 살펴보다 물음에 답했다.

"토크 프로그램입니까?"

"네, 신설되는 프로이기는 한데 PD가 KBC 시사·교양국 '시사 쟁점 토론' PD라고 하더군요. 아무래도 이전 프로그램으로 능력을 인정받아 프로그램 두 개를 돌리나 보더라고요."

"출연한다고 하세요."

대남은 '시사 쟁점 토론'에 많은 도움을 받았다. 자극적인 사안으로 자칫했다가는 기자들의 입방아는 물론이고 권력가들의 보복까지 우려되는 상황이었음에도 시사 쟁점 PD는 출연을 수용해 주었기 때문이다.

"방송 주제가 뭐랍니까."

대남의 물음에 직원이 짐짓 뜸을 들이다 말했다.

"대표님입니다."

"네?"

"주제가 김대남 대표님이에요."

대남이 KBC 방송국을 찾는다는 말에 그 주변으로 기자들이 이미 진을 치고 있었다.

대남의 행보와 언행은 기자들에게 있어선 걸어 다니는 특종이나 다름없었다. 시사부 기자들 사이에서 시작된 대남의 이야기는 이미 예능부 기자들에게도 널리 퍼져 있었다.

"인터뷰는 없습니다."

갑작스러운 취재 응대에도 시원스레 대답해 주던 대남의 모습을 기대했던 기자들의 얼굴에 아쉬움이 가득했다.

대남은 걸음을 옮기기 전에 뒤돌아서 기자들을 바라보며 말했다.

"하나 여러분들이 궁금해하시는 점은 전부 금일 방송을 통해 밝혀질 겁니다."

"……!"

멀어지는 대남의 뒷모습을 바라보며 기자들의 수군거리는 소리는 더욱 커져만 갔다. 주된 화두는 당연히 대남이 출연하기로 예정된 토크 프로그램이었다.

PD는 대남을 반갑게 맞이했다. 두 개의 프로그램을 동시에 맡아 바쁜 나날의 연속이었지만 그의 얼굴은 '시사 쟁점 토론'에서보다 더욱 밝아져 있었다.

PD가 대남의 손을 마주 잡으며 말했다.

"김 검사님, 아니, 이제 김대남 대표님이라고 불러야겠죠. 이렇게 다른 프로그램에서 뵈니 감회가 새롭군요. 다 대표님 덕분입니다, 정말 감사합니다."

"강행군에도 표정은 더 밝아지셨습니다."

"하하, 당연한 거 아니겠습니까. 사실 지금 시사국 말고 예능국에서도 동시에 제의가 들어왔거든요. 그것도 국장직으로 말입니다. 일단 실력을 보여주기 위해 신설프로그램의 기획 PD를 맡았습니다. 한데 첫 번째 방송부터 김대남 대표님이 와주시니 천군만마를 얻은 격이나 진배없습니다."

PD는 방송국에서 꽤나 신임을 받는 듯했다. 물론 그 원동력은 다름 아닌 대남이 출연한 '시사 쟁점 토론' 덕분일 것이다. PD는 대남을 보며 연신 기분 좋은 미소를 지어 보였다.

"스탠바이, 오 분 전!"

조연출의 말에 술렁이던 장내가 차츰 진정되어져 갔다. 대남은 맞은편에 앉아 있는 유명 개그맨을 마주하며 악수를 나눴다.

그는 대한민국에서 최고 주가를 달리고 있는 국민 개그맨으로서 이미 상징적인 빵이 판매될 정도로 유명하고 바쁜 인물이었다. KBC 측에서 이번 토크 프로그램에 얼마나 많은 심혈을 기울였는지 알 수 있는 대목이었다.

"스탠바이, 일 분 전!"

간단한 인사치레가 끝나갈 즈음이 되자 장내가 고요해졌다.

MC석에 앉은 개그맨은 양 볼에 바람을 넣었다 뺐다 하며 입을 풀어대기 바빴다.

이윽고 녹화 시작을 알리는 조연출의 슬레이트 소리가 세트장에 울려 퍼지자 개그맨이 언제 그랬냐는 듯 표정을 극대화하며 멘트를 힘차게 읊었다.

"진국이의 토크 릴레이 그 첫 번째 막이 올랐습니다! 본 방송을 시청하고 계시는 시청자 여러분들께선 이미 첫 번째 주자가 누구인지 알고 계실 텐데요. 저 또한 지금 맞은편에 앉아 계시는 출연자분 때문에 가슴이 콩닥콩닥합니다. 남자가 봐도 멋있는 남자. 바로 황금양의 김대남 대표를 박수로 맞이하겠습니다!"

짝짝짝-

방청석에서 우레와 같은 박수 소리가 터져 나왔다. 방청석에 자리한 방청객들은 전부 대남을 선망에 가득 찬 시선으로 바라보고 있었다.

그도 그럴 것이 이미 대남은 세상의 변화를 바라는 이십 대 청춘들에게는 롤모델과도 같은 신임을 얻고 있었기 때문이다.

"대학 시절에는 국민 천재라 불렸고 검사 시절에는 불세출의 스타 검사로 각종 사회문제와 비리를 장소와 신분에 연연하지 않고 파헤쳤습니다. 정말 웬만한 드라마의 주인공 못지않은 삶을 살아오신 김대남 씨께서 이제는 황금양의 주인이 되어 영화업계로의 포문을 여셨는데 지금 어떠한 기분이신지 정말 궁금합니다. 일반인으로서는 상상도 할 수 없는 삶이지 않습니까."

"제가 특별한 삶을 살아왔다고는 생각지 않습니다. 물론 검찰에 있었을 때도 마찬가지입니다."

"제가 보기에는 충분히 특별한 삶이었는데 말입니다. 내로라하는 전국의 수많은 검사가 해내지 못한 검찰 개혁의 도화선에 불을 붙이신 장본인이 아니십니까. 너무 부끄러워하지 않으셔도 됩니다. 이미 국민들은 김대남 검사의 편이니 말입니다."

"겸손을 떠는 게 아닙니다. 이전에도 밝혔지만 저는 비정상적인 세상에서."

이어지는 뒷말에 MC는 숨을 들이켰다.

"정상적으로 살아가려 했을 뿐입니다."

"……!"

많은 사람의 마음속에 경종을 울리는 말이 아닐 수가 없었다. 이미 대남을 아는 PD는 당연하다는 듯이 고개를 끄덕여 보였다.

MC를 맡은 개그맨은 잠시 동안 말을 잇지 못하다 이내 정신을 차리고는 진행을 이어나갔다.

"정, 정말 대단합니다. 김대남 대표께서는 아직 이십 대에 불과하지만 이야기를 나누고 있자면 말속에 연륜과 관록이 깃들어 있는 것 같은 착각을 불러일으킵니다. 역시 사람의 됨됨이는 나이를 불문하고 나타나는 것 같습니다. 본격적인 토크를 시작하기에 앞서 영화계로 진출한 김대남 대표에게 걸려온 전화가 한 통 있는데 받아보시겠습니까?"

갑작스러운 제안에도 아무렇지 않은 듯, 대남이 고개를 끄덕여 보이자 MC가 힘차게 입을 열었다.

"그럼 국내 굴지의 기획사인 白기획사의 백창우 대표를 전화

로나마 모셔보겠습니다!"

白기획사는 가수뿐만 아니라 영화배우, 희극인 등 종목을 가리지 않고 거느리고 있는 대형 기획사였다.

황금양보다 배우 풀이 넓을 뿐만 아니라 그 역사 또한 대한민국 기획사 1세대라 칭할 수 있었다.

-반갑습니다. 白기획사의 백창우올시다. 거 황금양의 대표 김대남 씨를 통화로나마 만나 뵐 수 있어 기쁘군요. 원래는 대표 대 대표로서 한번 만나보고 싶었지만 워낙 바쁜 인물인지라 약속을 받아주지 않더라고. 나이로 따지나, 경력으로 따지나 내가 이쪽 업계 선배인데 말이지.

백창우는 은연중에 대남에 대한 적대감과 위화감을 전화 너머로 풍기고 있었다.

MC는 잠깐 당황한 표정을 지어 보였으나 대남은 여유롭게 마이크를 잡고 말했다.

"황금양의 김대남 대표입니다. 제가 황금양에 복귀한 지 얼마 되지 않아 그간 정신이 없었습니다. 그 점에 관해서는 제가 사과드립니다. 그런데 절 만나보고 싶다고 하셨는데 그 이유를 물어봐도 될까요?"

-큼, 다름이 아니고 말이야. 예전부터 황금양에서 기존 소속사에 소속되어 있던 배우들을 빼가던데 이거 너무 상도덕을 안 지키는 거 아니오. 김대남 대표가 복귀한 이후에는 그 행태

가 점점 더 심해지고 있어.

"제가 상도덕을 안 지킨다고 하신 겁니까?"

-그래, 내 말이 어디 틀렸나?

MC뿐만 아니라 PD마저도 갑작스러운 백창우의 태도에 당황스러운 표정을 지어 보였다. 미리 작가진과 얘기된 주제와는 상반되는 대화를 하고 있었기 때문이다. 하나 대남은 아무렇지 않게 되물었다.

"白기획사의 불합리한 계약과 불공정한 대우 때문에 기존의 배우들이 이탈한다고는 생각지 않으십니까?"

-뭐!

"제 말이 틀렸습니까?"

-그게 무슨 말이야! 그따위 거짓말로 방송에서까지 행태를 부리는 겐가! 우리 白기획사는 대한민국 그 어떤 기획사보다 공정하고 배우를 위하는 곳이야! 말도 안 되는 헛수작을 부리려면 증거를 가지고 와! 자네가 뭐라고 지금 나 백창우를 폄하하는 겐가!

고래고래 소리를 지르는 백창우의 홍분된 목소리에서 굳이 보지 않아도 그가 머리끝까지 화가 올랐다는 것을 알 수가 있었다.

모두가 당황한 가운데, 대남이 담담하게 마이크를 쥐고는 말했다.

"白기획사의 비밀을 모를 거라 호언하시다니, 제가 누구였는지 잊으셨나 봅니다, 백창우 씨."

──……!

그제야 백창우는 깨달을 수 있었다. 대남이 전직 특수부 검사였다는 사실을.

장내가 말로 형용할 수 없는 적막감으로 휩싸였다. 백창우도 당황했는지 말을 이어가지 못하고 있었다. 그의 얼굴은 아마도 시시각각 색을 달리하고 있을 터였다.

-저, 저 김대남 대표. 우리 이러지 말고…….

"제 말이 틀렸다면 말씀해 보시죠."

-그, 그것이…….

백창우는 당황한 듯 말을 더듬는 것도 모자라 말끝을 흐리기까지 했다. 곧이어 수화기 너머 통화 종료음이 들림과 동시에 황급히 전화가 끝났다.

백창우가 갑자기 전화를 끊어버린 것에 방청석뿐만 아니라 제작진 측도 어쩔 줄 몰라 하며 발을 동동 굴렀다.

"잠깐 쉬었다 가겠습니다!"

조연출이 재빠르게 세트장 위로 올라와 외쳤다. 녹화 촬영의 중단을 알리는 신호였다. 본래대로라면 녹화 진행이 반쯤 이루어졌을 무렵 휴식 시간을 가지는 것이 맞았지만 갑작스러운 백창우의 돌발 행동으로 인해 앞당겨진 것이다.

"괜찮으십니까?"

MC가 진땀을 흘리며 대남을 향해 물었다. 대남은 옅게 미소 지으며 고개를 끄덕여 보였다.

PD 또한 세트장 중앙으로 황급히 걸어왔다. 대남은 PD를 향해 괜찮다고 말함과 동시에 조금 전 백창우와의 통화 연결 장면을 편집하지 말라 일러주었다.

"편집하지 말라고요?"

"그렇습니다, 법적인 문제는 저와 백창우가 지는 문제이니 걱정하지 마시고요."

"저희야 상관없지만, 그래도 양 사 측이 서로 곤란하실 텐데……."

PD는 마음 같아선 대남에게 감사의 절이라도 올리고 싶은 심정이었다. 방송 출연마다 끊이지 않는 화젯거리를 던져주니 웬만한 유명프로그램은 따라오지도 못할 파급력을 동반케 해주었다.

"촬영 재개하겠습니다!"

얼마간의 휴식이 지나고 조연출이 다시 정면 카메라 앞에서 슬레이트를 침과 동시에 녹화가 다시 막이 올랐다.

진땀을 흘리던 MC는 역시 프로답게 촬영이 중단되었다 재개되었다는 것을 알아차리지 못할 정도로 자연스럽게 멘트를 이어나갔다.

"전화국의 문제 때문에 통화 연결이 고르지 못한 점, 너그러이 양해해 주시면 감사하겠습니다. 김대남 대표께도 죄송하다는 말씀드립니다. 자, 이쯤에서 분위기를 좀 반전시켜 볼 필요가 있을 것 같은데요. 제가 누굽니까, 진국인 사람을 소개하는 찐국입니다. 여러분의 개그맨 찐국이. 시청자 여러분들께서 궁금해하셨던 점들. 속 시원하게 제가 대신 긁어드리도록 하겠습니다!"

MC는 곧장 고개를 돌려 대남을 바라봤다. 그의 익살스러운 입꼬리는 올라가 있었고 눈매는 흥미롭게 반달 모양으로 휘어져 있었다.

"김대남 대표께서 검사로 계실 적에 말들이 참 많았습니다. 항간에는 김대남 검사가 사실 이십 대가 아니라 연륜이 있는 노검사가 변극을 한 것처럼 얼굴을 꾸민 거라는 말도 되지 않는 소문까지 있었죠. 혹시 이 소문에 대해 알고 계신지요?"

"안타깝지만 처음 듣는 이야기군요."

"그간 하도 많은 칭찬을 들으셔서 아마 기억에 없으시리라 생각됩니다. 이러한 소문들이 있었던 이유는 다름 아닌 김대남 검사의 행동에 있었는데요. 거침없고, 저돌적이며, 그 누구보다도 정의롭다. 이 세 가지로 표현되는 김대남 검사의 언행에 많은 사람이 감탄 어린 박수를 보냈습니다. 혹 검찰 사건 중 기억에 남는 사건이 있으십니까?"

MC의 물음에 대남은 고개를 주억거렸다. 2년 남짓한 검사 생활이었지만 그간 수많은 사건을 겪었더랬다. 카메라 감독이 대남의 고뇌하는 모습을 놓치지 않고 담아내고 있었고, 그 모습은 황금양의 대표 김대남이라기보단 검사 김대남에 더 어울리는 모습이었다.

대남은 고개를 돌려 방청객들을 훑어보고는 말했다.

"이미 여러분들이 접했던 사건들은 언론에 대서특필된 대형 사건들이었습니다. 그러한 일련의 일들에 대해선 이미 언론에서 수없이 다루었기에 저는 이 자리에서 여러분들이 모르는 검찰 사건 하나를 말하려고 합니다. 제가 시보일 때였습니다."

대남의 말에 모두가 집중한 듯 눈을 빛냈다. 스태프들 또한 대남의 이야기가 꽤 흥미로울 것이라 생각했기에 다들 귀를 기울이며 촬영에 임했다.

"검사시보를 지낼 적에는 수습검사로서 지도검사 아래서 간단한 사건들을 맡습니다. 굵직한 사건이 아닌 자질구레한 경범죄를 비롯해 약식기소가 될 만한 사건들의 연속이기에 그리 문제가 될 만한 일은 벌어지지 않습니다. 그런데 저는 그곳에서 한 가지 사건을 맡으며 의구심을 품을 수밖에 없었습니다. 무엇에 대한 의구심이었을까요?"

대남의 물음에 대답할 수 있는 방청객은 없었다. MC 또한 마찬가지였다. 대남은 그 모습에 천천히 운을 띄웠다.

"법에 대한 의구심이었습니다."

"……!"

"법률이란 무릇 더 나은 삶을 살기 위해 인간들 사이에서 만들어진 규정입니다. 한데 아이러니하게도 이러한 법 때문에 문제가 생기는 경우가 꽤 많습니다. 제가 맡은 사건이 한 예였죠. 모친을 모시는 이 아무개는 그조차도 몸이 성하지 못한 장애인이었습니다. 하지만 국가에선 그가 자력으로 생활할 수 있다 판단하여 어떠한 도움도 주지 않았다고 합니다. 결국 그의 어머니는 자신 때문에 아들의 인생마저 망칠까 스스로 목숨을 끊으려 했지만 아들의 이른 발견 덕에 살아날 수가 있었습니다."

안타까운 사연에 모두가 탄식을 금치 못했다. 하나 대남의 이야기는 여기서 끝이 아니었다.

"그런데 말입니다. 이 사건에는 반전이 있었습니다. 알고 보니 국가에선 계속해서 금전적으로 모자를 지원하고 있었습니다. 하나 구청의 한 직원이 이 사실을 알고 수령인을 자신의 명의로 돌려 모든 지원을 갈취하고 있었던 것이었죠."

"……!"

"이 모든 전말을 알게 된 노파와 아들은 아픈 몸을 이끌고 검찰에 직접 그 공무원을 고소하기에 이르렀습니다. 하나 공무원은 자신의 위법 사항은 공문서위조일 뿐이며, 그것 또한 실수로 일어난 일이라며 선처를 바랐습니다. 실제로도 그는 범법 행위를 벌이며 교묘히 법률을 이용했습니다."

흥미롭게 이야기를 듣고 있던 모두의 눈초리가 매섭게 올라갔다. MC가 긴장된 목소리로 대남을 향해 물었다.

"결국 어떻게 되었습니까……?"

"법률을 교묘히 이용해 벌금형으로 끝날 사건이었지만, 저 또한 법률을 이용해 그를 엄벌에 처하게 했습니다. 결국 이 사건은 누가 더 뛰어나고 덜 뛰어나 생긴 일이 아니라 얼마나 법률을 알고 이용할 수 있느냐의 문제였습니다. 결국 모자는 지난 세월에 대한 보상은 받았습니다. 하지만, 마음속 응어리진 기억은 잊지 못하고 평생 간직한 채 살아갈 것입니다."

대남은 다시 한번 방청석을 훑으며 말했다.

"노파가 허리 숙여 고맙다고 말하던 그 순간을 저는 아직도 잊지 못합니다. 저는 과연 고맙다는 인사를 받아야 할 사람일까요. 아닙니다, 진정으로 고마운 사람은 다름 아닌 노파와 아들일 것입니다."

모두가 침묵에 잠긴 가운데, 대남의 목소리가 장내에 울려 퍼졌다.

"이 같은 일들은 지금 주위에서도 숱하게 일어나고 있습니다. 모르고 당하거나, 알면서도 당할 수밖에 없지요. 기획사라고 과연 다를까요?"

이어지는 뒷말에 놀란 탄성 소리가 터져 나왔다.

"크게 다를 게 없습니다."

MC의 등 뒤로 굵은 땀방울이 맺혀 흘렀다. 여태껏 대남이 출연한 방송들이 얼마나 많은 파급효과를 낳았는지 익히 알고 있었지만 눈앞에서 경험하고 나니 도저히 맨정신으로는 버티기 힘들 지경이었다.

장내가 충격으로 물들었고 MC는 심호흡을 가다듬다 말문을 열었다.

"방금 김대남 대표께서 하신 말씀의 의미를 물어도 되겠습니까……?"

"앞서 통화 연결되었던 白기획사가 가지는 고질적인 문제점은 불평등 계약이라는 것입니다. 이는 현재 기획 업계에 너 나 할 것 없이 퍼뜨려진 관행이나 다름없습니다. 피계약자가 이러한 사항을 알고 있다 하더라도 경력이 일천하거나 데뷔가 요원한 이들은 울며 겨자 먹기로 계약서에 지장을 찍을 수밖에 없습니다. 물론 모든 기획사가 가지는 문제점은 아닐 테지만, 분명한 건 이것은 아주 기초적인 문제에 불과하다는 사실입니다."

"……!"

이 모든 게 기초적인 문제에 불과할 뿐이라는 대남의 말에 모두가 경악을 금치 못했다.

기획사라는 기업 문화 자체를 일반인들이 자세히 알기에는 정보가 너무나도 부족한 시대이다.

가수를 딴따라라 폄하하기 일쑤였고 배우들의 임금체계는 업계종사자들이 아니고서야 베일에 감춰져 있는 것이나 다름없었다.

"검찰에 몸담고 있다 보면 알고 싶지 않아도 알게 되는 것들이 참 많습니다. 성역 없는 수사를 펼치기 위해 재벌, 권력가, 정치인, 유명 인사들을 가리지 않고 조사했으니까요. 그중에 연예계와 영화계의 인물이라고 없었을 것 같습니까?"

"……!"

MC 또한 국민 개그맨이라는 타이틀을 가지고 있는 인물이었다. 몇몇 기획사가 부리는 횡포에 대해 모를 리가 없었다. 하나 그 누구 하나 이런 공적인 자리에서 저렇게 일반인들을 상대로 공표하는 경우는 없었다. 아주 작은 흠집 하나에도 무너질 수 있는 곳이 바로 이 바닥이다. 그럼에도 불구하고 대남은 거침없이 말을 이어나갔다.

"白기획사의 백창우 사장이라고 했나요. 이미 그분께선 전력이 있으시죠. 특히 권력형 비리를 수사할 때 빠지지 않고 등장하시더군요. 성 접대 등으로. 아직 성매매 알선에 대한 법정 형량이 강화되지 않아 벌금형에 그쳤지만 그는 명백한 범법을 저지른 인물입니다."

"잠, 잠깐만요. 지금 김대남 대표의 말은 白기획사에서 성 접대가 이루어졌다는 말입니까?!"

白기획사는 대한민국에서 최대 규모의 기획사 중 한 곳이었다. 지금 대남이 말하는 바가 사실이라면 파장은 엄청날 것이다. 녹화방송이었지만 대남의 출현으로 인해 세트장 주위에는 연예부 기자들이 도처에 깔린 상태였다.

이제는 MC뿐만 아니라 PD마저도 긴장된 모습이 얼굴에 나타나고 있었다.

"제가 검사로 있을 당시 언론의 헤드라인을 장식한 기사들은 대부분 권력가에 집중되어 있었습니다. 하나 분명 白기획사를 비롯한 몇몇 기획사가 정치가 재벌가 등에 성 접대를 한 정황이 포착되었습니다. 실형을 선고받은 기획사 대표가 있음은 물론이고 白기획사 백창우의 경우에는 이사급 인물이 모든 일을 실행에 옮겼다. 백 대표는 모르는 일이라 강력 주장하여 살아남을 수 있었지만 말입니다."

"허."

MC가 나지막이 탄식을 터뜨렸다. 토크 출연자의 말에 맞춰 방송 호응을 보여줘야 할 방청객들마저도 말을 잇지 못한 채 허를 내둘렀다.

정면 카메라는 사람들이 한탄을 내뱉는 모습을 빠짐없이 담아내고 있었다. 아마 본방송을 지켜볼 시청자들 또한 지금 이들과 같은 표정이리라.

"白기획사 대표. 백창우 씨."

대남의 목소리에 카메라맨이 급히 대남을 향해 포커스를 맞췄다. MC는 예정에 없던 멘트에 촉각을 곤두세웠지만 대남을 말리지는 않았다.

아니, 못했다. 대남은 마치 이러한 방송 연출이 처음이 아닌지 아주 여유롭게 운을 띄웠다.

"조금 전 제가 했던 발언들은 하나도 빠짐없는 진실입니다. 사실적시에 의한 명예훼손이라 생각할 수도 있습니다. 하나 적시한 사실이 진실한 사실이고 제 발언 자체는 기획사 업계를 지망하는 모든 이, 즉 공공의 이익을 위한 행위였기에 위법성의 조각(배제) 사유에 해당하겠지요."

"……"

"또한 시대가 변하고 있습니다. 더 이상 그러한 범법 행위를 일삼는 짓은 할 수가 없을 것입니다. 혐의점이 이것 말고도 있다는 것은 스스로가 더 잘 알 테니 부러 밝히지는 않겠습니다. 아직 검찰에서도 수사가 끝나지 않았을 테니 말이죠. MC께서는 제게 질문지의 마지막 장에 있는 질문을 해주시겠습니까?"

대남의 물음에 MC가 화들짝 놀라며 질문지를 살펴보았다.

질문지의 종장에는 영화배우들을 거느린 '황금양'의 입장에서 대형 기획사인 '白'을 어떻게 생각하냐는 물음이었다.

예상되는 답변안은 선의의 라이벌이었다. MC가 숨을 고르고는 입을 열었다.

"김대남 대표께서는 업계 선배라 볼 수 있는 白기획사의 대표 백창우 씨를 어떻게 생각하십니까……?"

대남은 정면 카메라를 향해 짐짓 뜸을 들이다 말했다.

"쓰레기라 생각합니다."

청천벽력이라는 말이 어울릴 정도로 MC의 간담이 서늘해졌다. 白기획사의 횡포를 들으며 탄식을 터뜨렸던 방청객들마저도 대남의 직설적인 화법에 놀라움을 감추지 못했다. PD 또한 예상은 했지만 대남이 말을 뱉어내자 잠시 멈칫했다.

"김 PD님 어떻게 할까요……?"

조연출이 PD를 향해 조심스레 물어왔다. 뒷말을 다 하진 않았지만 녹화를 다시 중단해야 되지 않겠냐는 뜻이리라. 제작진들은 대남에게 재차 부탁을 해서라도 멘트를 다시 읊어야 하는 '방송 사고' 상황이라 생각했을 것이다.

하나 김 PD의 결단은 달랐다.

"멈추지 말고 계속 진행해."

"……!"

PD의 말에 조연출을 비롯한 스태프들이 눈을 크게 떴다.

대남의 발언이 편집 과정을 거치지 않고 곧이곧대로 나갈 경우 그 책임은 누가 질 것이며, 그 파장은 또 어떻게 감당할 것이란 말인가.

다들 혹여나 첫 방송이 종방이 될까 조마조마한 마음이 가득했지만 PD의 의견에 토를 달 수 있는 인물은 없었다.

MC는 대남의 답변에 놀라며 눈동자를 굴렸다. 아직 제작진 측에선 아직 어떠한 신호도 흘러나오지 않았다. 그때 PD가 팔을 원 모양으로 흔들어 보였다.

'……!'

그 모습에 MC의 눈이 부릅떠졌다. 녹화방송을 계속 진행한다는 제스처였기 때문이다.

MC가 호흡을 가다듬고는 말했다.

"……白기획사 백창우 대표에 대한 김대남 대표의 생각 잘 들어보았습니다. 개개인 사이의 의견이기에 저희 토크 릴레이의 의견과는 무방하다는 점을 말씀드리면서, 이번에는 다른 질문을 하겠습니다. 현재 김대남 대표가 맡은 황금양에 대한 대중들의 궁금증이 나날이 커져 가는 가운데 앞으로 어떠한 방향으로 황금양의 사업 규모를 확장시킬 생각이십니까?"

"저희 황금양의 미래 계획을 묻는 질문이군요."

"김대남 대표께서 황금양 대표로 재취임하는 첫날 기자단 앞에서 하신 말씀이 있죠. '단 5년 안에 담록을 뛰어넘어 보이겠다고 말입니다. 이 말이 허언이 아니라면 아무래도 황금양의 사업 확장을 염두에 두고 하신 말씀이라 생각되는데 말이죠."

MC는 급히 주제를 돌려보고자 白기획사에 관한 질문을 제외한 멘트를 먼저 읊어 보였다.

본래라면 토크쇼 마지막 부분쯤에 나올 질문이었다.

"5년 안에 담록을 뛰어넘겠다 말한 것은 사실입니다. 비단 꿈에 젖은 허황된 목표가 아니라 정말로 자신 있기에 내뱉은 말이죠. 황금양은 아직 배급업계에서만 선두를 달리고 있을 뿐 기타 분야에서는 활약을 못 하고 있는 것이 사실입니다. 때문에 무분별한 사업의 확장이 아닌 단계적으로 밟아나가려 합니다."

"그 단계에 관한 부분을 좀 더 구체적으로 말씀해 주시면 요……?"

"일단 한 분야에서 정점에 오르고 난 후 다른 분야로 뻗어나가겠다는 말이지요."

"……!"

광오하다고 할 수 있는 발언이었지만 대남의 표정에는 미동조차 없었다. MC는 잠깐 생각을 하는가 싶더니 조심스레 말문을 열었다.

"흠, 어떤 분야의 정점에 오르는 일이 단시간 내에 쉽게 이뤄지는 것은 아닐 텐데요. 5년 안에 담록을 뛰어넘어 보이겠다는 것은 김대남 대표께는 죄송한 말이지만 어떻게 보면 국민학생이 5년 만에 한국대에 입학하겠다는 말과 일맥상통하지 않습니까……?"

MC가 의문을 표했다. 그 또한 국민 개그맨이라 불리며 개그맨 사이에선 정점에 오른 인물이다. 때문에 정상에 오르기까지 얼마나 힘들고 고된지 누구보다 잘 알고 있었다. 설령 영화 업계에서 정점을 찍는다고 한들 곧장 다른 업계까지 넘볼 수 있을까, MC는 속으로 고개를 저어 보였다.

그 순간, 대남이 천천히 입을 열어 보였다.

"담록은 명실상부 대한민국을 대표하는 기업이나 마찬가지였습니다. 하지만 지금은 비리로 얼룩진 시간을 보내며 후계자들은 법정 공방까지 벌이고 있습니다. 제가 대한민국 검찰의 검사로서 재벌들을 수사하며 느꼈던 점이 뭔지 아십니까?"

대남은 고개를 돌려 장내를 훑어보았다. 방청객들을 비롯해 세트장 한편을 자리하고 있는 수많은 제작진이 한 명도 빠짐없이 자신을 주목하고 있었다. 대남은 정면 카메라를 향해 나직이 말했다.

"후안무치."

대남의 짧은 고사에 많은 사람의 얼굴에 여러 생각이 스쳐 지나가고 있었다.

보통 부끄러움을 모르고 뻔뻔한 사람들을 칭할 때 흔히 쓰이는 말이다. 대남은 유유히 말을 이어나갔다.

"노블레스 오블리주라는 말은 대한민국에 상용될 수 없는 말입니다. 물론 그러한 정신을 이어받은 분들도 계시겠지만 그분들에겐 재벌이라는 용어를 사용할 수가 없겠지요. 재벌이란 단어 자체가 가지는 이질감과 악취는 그 누구보다도 여러분들이 잘 아실 테니 말입니다. 이번 담록 사건을 통해 여러분은 우리 사회의 어두운 그림자를 똑똑히 지켜보셨을 것이라 생각합니다. 황금양은 이 사회의 경종을 울리는 횃불이 되고자 합니다."

그제야 MC뿐만 아니라 방청객들이 고개를 주억거렸다. 대남은 조금 전 저에게 질문을 던졌던 MC를 바라보며 말했다.

"MC분의 말이 틀린 표현은 아닙니다. 국민학생이 5년 만에 한국대학교에 입학해 보이겠다는 것처럼 어찌 보면 무모하고 건방진 말일 수도 있겠죠. MC분의 비유처럼 분명 담록이라는 이름은 국민이 느끼기에 거대할 수 있습니다."

예상외로 대남은 MC의 말을 수긍해 보였다. 하지만 뒤이어진 말은 사람들을 감탄케 하기에 충분했다.

"하나 저에게 해당되는 말은 아닙니다."

'토크 릴레이'의 녹화 중간 짤막한 휴식 시간이 다시 찾아왔다. 白기획사의 이야기 이후로 진행된 토크에는 큰 문제가 발생하지는 않았다.

오히려 방청객과 본방송을 시청할 국민들의 가슴을 요동케 하는 이야기의 연속이었다. 아직은 작은 기업에 불과한 황금양이 5년 안에 담록그룹을 뛰어넘겠다니. 그 누가 판단하더라도 불가능해 보일 법한 이야기였다.

하지만 대남의 말 한마디에 분위기는 삽시간에 반전되었다.

"휴식 시간인데도 다들 방청석을 뜨지 않는 게 신기하네."

PD가 세트장을 훑으며 중얼거렸다. 방청객들은 단 한 명도 자리에서 일어나는 이가 없었다. 대부분의 시선은 녹화가 중단된 지금까지도 세트장 중앙에 있는 대남을 향하고 있었다.

무수히도 많은 사람의 시선을 받아 피로하거나 긴장될 만도 하건만 대남의 얼굴은 여전히 여유로움이 가득했다.

"전 김대남 대표님 말 믿습니다."

PD가 대남에게 다가가 넌지시 운을 떠웠다. 그 모습에 대남은 옅은 미소로 화답해 보였다. MC는 자신 앞에 서 있는 '토크 릴레이' 기획 PD가 얼마나 깐깐하고 무서운 사람인지 알고 있다.

이미 시사국과 예능국을 동시에 거느리며 국장 자리를 저울질하고 있다는 것 자체가 방송가에서 입김이 대단하다는 증거였고, 전쟁터 같은 방송가 적자생존의 표본이나 다름없었다.

그런데 그러한 PD가 대남에겐 마치 한없이 고개를 숙이고 들어가고 있었다. 대남이 유명한 기업의 대표라서? 어림없는 소리.

"'시사 쟁점 토론' 때도 그렇지 않았습니까. 모두가 안 될 거다, 실패할 거다, 위험하다고 했을 일련의 일들을 김 대표께서는 거짓말같이 전부 이뤄냈습니다. 웬만한, 아니, 대한민국 그 누가 와도 해내기 어려운 업적이죠. 저 또한 사실 김 대표님이 미친 게 아닌가 싶었거든요. 그런데 압니까, 이 미쳐 버린 세상에서 유일하게 제정신이었던 사람이 바로 김 대표님이었다는 사실을 말이죠……."

"……!"

함께 대화를 경청하고 있던 MC가 놀란 표정을 지어 보이고는 급히 수습해 보였다. 방송가 철혈이라 불리는 김 PD가 저토록 신뢰하는 인물은 도대체 누굴까, 이미 언론을 통해 그의 이력은 잘 알고 있지만 더더욱 김대남이라는 인간 자체에 대해 궁금해지게 마련이었다.

"아이고 벌써 시간이 이렇게 됐네."

PD는 고개를 내려 손목시계의 시간을 확인했다. 어느새 마지막 녹화의 막이 오를 시간이 다다르고 있었다.

"첫 녹화에 출연자로 응해주서서 다시 한번 감사합니다. 그리고 전 믿습니다. 김 대표님의 말이 기적처럼 이루어질 것이라는 것을."

PD의 말을 끝으로 마지막 녹화가 시작되었다.

MC는 녹화 중간 대남과 PD가 나누었던 대화를 머릿속으로 되짚으며 대남의 얼굴을 유심히 관찰했다. 그제야 그는 깨달을 수가 있었다.

여태껏 대남의 화려한 이력에 정신이 팔려 생각하지 못하고 있었지만 대남은 불과 이십 대의 청년이었다. 나이상으로만 보자면 KBC 개그맨 막내 기수급과 비슷한 연령대이다.

'허.'

MC가 속으로 나지막이 탄성을 터뜨렸다. 자신은 저 나이 때 무엇을 할 수 있었을까.

이윽고 조연출이 슬레이트를 침과 동시에 MC는 다시 현실로 돌아와 멘트를 외쳤다.

"자, 이제 '토크 릴레이'의 마지막 시간이 다가오는군요. 황금양의 대표로서 영화업계 종사자분들을 여럿 만나보셨을 텐데 검찰에서와는 또 다른 감정을 느끼셨을 것 같습니다. 김대남 대표의 영화계에 대한 생각은 어떠한지 궁금합니다."

마지막으로 대남이 영화계에 가지는 당찬 포부를 묻는 시간이었다.

답안 자체가 작가진과 사전에 준비한 것이 아니라 그 자리에서 즉석으로 대남의 생각을 들어보는 것이기에 MC 또한 어떠한 대답이 들려올지 자못 궁금한 표정이었다.

"실패의 장이라 생각됩니다. 꽉 막힌 사고방식에, 틀에 박힌 체계, 벽을 부수기보단 문을 걸어 잠그고 저들만의 리그를 즐기기에 바쁜 곳이지요. 하물며 신인들의 기용은 어디 자유롭겠습니까? 경력이 인정되지 않거나 빽이 없는 이들에겐 기회조차 주어지지 않으니, 말 그대로 더 이상 영상미와 각본에 의존했던 시대를 지나 자본주의가 낳은 괴물이 되어가는 중입니다."

"……!"

대남의 거침없는 발언에 MC가 화들짝 놀랐다. 영화계는 '황금양'이 몸담은 직접적인 업계나 마찬가지였다. 한데 자신의 일터를 저리 솔직하게 비난할 수 있다는 것 자체가 웬만한 담력으로는 할 수 없는 행위였다.

MC는 홀린 듯 예정에도 없던 질문을 입 밖으로 내뱉었다.

"그러한 영화계를 다시 일으킬 방도가 있겠습니까?"

예정에 없던 질문이었지만 PD는 방송을 계속해서 이어나갔다. 스태프들의 침을 삼키는 소리가 적막한 세트장 안에 울려 퍼졌다. 대남은 짧게 고개를 끄덕이며 말했다.

"새로운 바람을 불러일으키면 됩니다."

"새로운 바람이요?"

"영화계가 마초 영화와 선정적인 에로 영화에 더 이상 잠식되지 않기를 바란다면 새로운 주제의 영화 제작은 물론이고 새로운 인물들이 극 위에 올라야겠지요. 황금양에선 대국민 공개 오디션을 준비 중에 있습니다. 이에 당선된 이들은 막대한 상금은 물론이고 원한다면 황금양으로 소속되는 것도 가능합니다."

"……!"

갑작스러운 대남의 발표에 장내가 술렁였다. '대국민 공개 오디션'이라는 대남의 파격적인 발표 때문이었다.

PD가 긴급히 고개를 돌려 작가진을 바라봤다. 하지만 작가들 또한 대남과 얘기된 바가 없는 모양인지 어쩔 줄 몰라 하고 있었다.

"대국민 오디션이요? 황금양에 소속되는 거라……."

MC가 혼잣말로 대남이 했던 발언들을 되뇌고 있었다. 황금양이라는 소속사는 연예계 종사자들에게 가히 매력적인 곳이 아닐 수가 없었다.

국민 개그맨이라 불리는 MC 김진국 또한 어느새 황금양, 김대남이라는 인물의 매력에 심취해 있었다. MC가 저도 모르게 대남을 향해 물었다.

"저, 저도 입사가 가능할까요?"

국민 개그맨이라 불리는 MC 김진국의 입에서 뜻밖의 말이 튀어나왔다. 그 또한 녹화 촬영 중임을 자각하지 못하고 실수로 내뱉은 것이리라. 곧장 표정을 수습해 보였지만 벌게진 얼굴은 어쩔 방도가 없어 보였다.

방청객 사이에선 아직까지 대남이 조금 전 발언한 '대국민 공개 오디션'에 대해 왈가왈부하는 말들이 많았다. 하지만 그것도 잠시, 대남이 말문을 열자 장내는 다시 고요해졌다.

마치 대남 한 사람만이 빛나는 것처럼.

"대국민 공개 오디션은 대한민국 역사상 유례없었던 기회의 장이 되리라 확신합니다. 경력에 상관없이 학벌이나 소속된 극단의 유무를 따지지 않으며, 연기를 배워보지 않은 일반인들에게도 오디션의 문은 열려 있습니다."

PD의 얼굴이 감탄으로 물들었다. 역시 자신의 안목은 확실했다. 대남이라는 인물은 검찰에 이어 다른 분야에서도 꽃을 피우고 있었다.

방송업계 종사자로서 '황금양'에 소속된 배우들과 영화감독들의 입지가 얼마나 대단한지 잘 알고 있었다. 그러한 소속사에서 생짜 신인을 뽑겠다는 말은 작금의 기획사 업계에서는 찾아볼 수 없는 일이었다.

"연, 연기를 배워보지 않은 일반인조차 말입니까?"

"완숙된 연기를 가지신 분들은 이미 충무로에 많습니다. 재능은 시간을 가리지 않고 나타나게 마련입니다. 황금양은 원석을 가공해 빛나는 보석으로 만들어주는 역할을 합니다. 하지만 그러한 원석이 나타나기까지 매번 앉아서 기다릴 수만은 없겠지요. 본인이 원석이라 생각된다면 성별, 나이를 불문하고 지원해 주시면 됩니다."

"……!"

파격, 그 자체였다. 배우라는 직업 자체를 어렵게 보는 시선이 많았다.

충무로를 수놓은 수많은 별은 각각의 스토리가 있었고 저마다의 고유한 경력이 있었다. 물론 '반짝 스타'와 같이 갑작스레 브라운관을 빛냈다 사라지는 이들도 있었지만 실상을 살펴보면 그들도 저마다의 기획사의 계획하에 각고의 노력을 거쳐 그 자리에 올라간 것이다. 한마디로 극 위에 올라 대사를 하기까지 보이지 않는 무수한 시간이 필요한 것이다.

그런 의미에서 '대국민 오디션'은 그 시작부터 크나큰 파장을 불러일으킬 것이 자명했다.

"김대남 대표께서는 대국민 공개 오디션을 어떻게 진행시킬 생각이십니까?"

MC가 대남의 의중을 물었다. 그 물음에 PD를 비롯한 방송국 관계자들이 침을 꿀꺽 삼켰다.

대국민 공개 오디션은 그 자체만으로도 많은 파급효과를 낳을 것인데 주체가 김대남이라는 세간의 관심을 끌고 있는 유명 인사라면 얼마나 많은 이들의 관심을 받을지 가히 상상조차 되지 않았다.

"뭐어!?"

KBC 예능을 총괄하는 본부장은 조금 전 들어온 제보에 두 눈을 부릅떴다.

금일 KBC 예능의 신설 프로그램인 '토크 릴레이'의 녹화가 진행된다는 것은 익히 들어 알고 있는 사실이었다.

국민 개그맨이라 불리는 김진국을 MC로 기용했고 첫 번째 출연자로 '김대남'이라는 유명 인물을 섭외했다. 기획을 맡은 PD 또한 대남과 연이 있는 아주 유능한 인물이었다.

"그게 사실인가? 대국민 공개 오디션?"

"예, 지금 막 녹화 현장에서 김대남 대표가 직접 발표했다고 합니다. 대국민 공개 오디션이라 해서 나이, 성별을 불문하고 신예를 발굴하자는 취지라고 합니다. 주최는 당연히 김대남 대표의 황금양이고 말입니다."

"허……!"

실로 놀라운 방송 아이템이 아닐 수 없었다. 본부장이 급히 고개를 들어 비서를 바라보며 물었다.

"이 사안을 알고 있는 다른 방송사가 있나?"

"김대남 대표의 갑작스러운 발표이기에 아직까지는 없을 테지만 아무래도 기자들의 입소문을 타 타 방송사에도 금방 알려질 게 뻔합니다."

"……!"

넝쿨째 굴러들어온 복이나 다름없었다. KBC 방송국은 대남과 연이 깊은 곳이었다.

본부장 또한 김대남이라는 인물이 여태껏 선보인 시청률 대기록의 행진을 모르는 건 아니다. 예능국뿐만 아니라 시사·교양국에서도 그 덕을 톡톡히 봤기 때문이다.

발 없는 소문이 천 리를 간다 했다, 다급해진 본부장이 벌떡 자리에서 일어났다.

"어떻게 되었나!"

PD는 갑작스레 뒤편에서 들려오는 목소리에 화들짝 놀라며 고개를 돌렸다. 그곳에는 익히 안면이 익은 본부장이 서 있었다.

스태프들은 갑작스러운 본부장의 출현에 놀랄 만도 하건만 대부분이 세트장 중앙 대남에게 시선이 빼앗겨 있었다.

"MC가 직접 질문했습니다. 오디션을 어떻게 진행할 것인지,

이제 막 대답을 들을 차례이고요."

PD의 말에 본부장이 의미심장한 표정으로 세트장 중앙으로 시선을 돌렸다. 그 순간 대남이 짐짓 눈을 한 번 감았다 뜨고는 말했다.

"사내 자체적으로 하는 평가보다는 공개적인 것이 좋겠지요. 방송을 통한다면 더할 나위 없는 홍보가 될 테니, 그 점도 나쁘지 않고 말입니다."

"……!"

본부장의 눈이 크게 떠졌다. 절로 마른 입술이 촉촉해졌다.

만약 황금양에서 주최하는 오디션이 KBC를 통하게 된다면 그 성과를 낸 당사자는 복권에 당첨된 것과 진배없을 터였다. 하지만 이어지는 대남의 말에 본부장의 가슴이 철렁 내려앉았다.

"하나, 어디에서 시작할지는 두고 봐야겠지요."

- 7장 -
황금양(3)

'토크 릴레이'의 첫 녹화가 끝나자마자 연예부 기자들은 부리나케 기사를 쏟아내기 시작했다.

주요 초점은 대남이 '토크 릴레이'에서 긴급 발표했던 '대국민 공개 오디션'에 관한 것이었다.

지역구를 대상으로 하는 단발성 프로그램이 아니었다. 말 그대로 대한민국 전 국민을 대상으로 하는 오디션이었기에 전 국민의 관심은 장작에 기름을 끼얹듯 걷잡을 수 없이 번졌다.

시대가 흐르기는 했지만 아직까진 분명한 20세기였으며 사회 정서상 연예계 종사자들에 대한 안 좋은 시선이 분명 존재했다.

하지만 황금양 '김대남'에 대한 시선은 달랐다. 불세출의 검사로서 보여준 혁혁한 공을 기억하는 국민들은 대남에 대한 열렬한 지지와 신뢰를 가지고 있었다. 항간에는 기획사 대표가 아닌, 시의원으로 출마해야 한다는 말들도 많았다.

"이야, 정말 우리 대표님 기획력 하나는 완전."

황금양 소속 A씨는 여러 기사를 빼곡히 수놓은 대남을 보고 혀를 내둘렀다.

지난 몇 년 동안 황금양은 자체적으로 많은 홍보를 거듭했고 실적을 이루었지만 김대남 대표가 복귀하고 난 며칠 동안 이뤄낸 실적에 비하면 조족지혈처럼 느껴졌다.

"대표님 정말 대단하지?"

석혜영 팀장은 대남이 이뤄낸 일들을 되뇌며 미소 지어 보였다.

영화 배급을 제외하고는 존재감을 나타내지 못했던 황금양의 존재를 확실히 대중들에게 또다시 각인시킨 기회였다.

방송가에서는 이미 안달이 났다는 소문이 가득했다. 그 증거로 대낮부터 황금양의 전화기는 불이 난 채 끊일 생각을 하지 않고 있었다.

"관심이 폭발적이군, 정말."

곽열 감독은 믿기지 않는 듯한 눈치였다. 대남이 지난밤 어떤 발언을 했기에 방송국 관계자들이 이렇게 달아올라 있는 것일까, 대국민 공개 오디션이라는 획기적인 대남의 발상에 박수를 보낼 수밖에 없었다.

"방송을 통해서 공개 오디션을 진행하겠다니, 나로선 상상도 못 해봤을 일이야."

곽 감독은 다시 한번 감탄을 머금었다. 기사 내용의 말미에는 아직 프로그램이 채 계획되지도 않았건만 방송 시작이 언제일지, 관심이 들끓고 있었다. 마치 유명 예능 프로그램을 다룬 것과도 같은 모양새였다.

시작 전부터 이렇게 세간의 관심을 끌고 있는데 결과가 어떠할지 상상조차 되지 않았다.

"자네도 방송 출연을 할 생각인가."

심사위원석에 앉은 대남의 모습을 상상하자니 색다른 그림이 펼쳐지는 것 같아 곽 감독은 손을 움켜쥐었다. 하나 그러한 기대와 다르게 대남은 고개를 저어 보였다.

"예선과 본선의 경우에는 이미 곽 감독님을 비롯한 황금양의 기성 배우들이 심사위원을 맡게 될 겁니다. 저는 마지막쯤에나 모습을 나타낼 거고요. 황금양을 빛낼 신예들을 뽑는 것이니 방송상의 재미나 분량은 신경 쓰지 않으셔도 좋습니다. 있는 그대로를 보여주더라도 시청자들은 열광할 테니까요."

대남의 목소리에는 확신이 담겨 있었다. 황금양이 한 층 더 성장할 수 있는 계기가 될 수 있다는 것을 믿어 의심치 않는 눈치였다.

곽 감독이 대남을 바라보며 넌지시 물었다.

"어느 방송사에서 프로그램을 진행할지 정했나?"

방송국 관계자들이 혈안이 되어 있다는 것은 황금양 소속이라면 모를 수가 없었다. 기자들의 소문을 듣고 찾아온 사람들이 있는가 하면 곽 감독에게 따로 연락 온 거물급 인사들도 여럿 있었다.

곽 감독은 방송국 관계자들이 얼마나 콧대가 높은 줄 알고 있기에 이토록 머리를 숙이고 들어오는 모양새가 그저 놀라울 따름이었다.

"너 나 할 것 없이 기획 PD급 인사들을 황금양으로 보내는 것은 물론이고 방송 3사의 본부장들이 회사에 찾아오겠다고 연락이 왔다더군요. 다들 자기들 쪽에서 진행하기를 원하는 것일 테지요. 사실 어디서 시작을 한다고 한들 화제성과 동 시간대 압도적인 시청률은 보장된 것이나 마찬가지니까 말입니다."

"정말 대단하군, 대형 기획사라고 해도 방송가에는 한 수 접어주는 게 공공연한 사실이었는데 말이지."

곽 감독은 맞은편에 앉은 대남이 실로 놀라웠다. 대남이 검찰에 있을 때의 행보는 기사를 통해 수없이 지켜봐왔지만 실상 피부로 체감하고 나니 대남의 입지가 더욱 높아 보였다.

자신 또한 거장이라 불리며 영화계에서 혁혁한 입지를 세웠다곤 하지만, 방송가의 거물급 인사들이 전부 대남의 눈치를 살피는 것을 보면 비교가 불가한 수준이었다.

"나에게도 친분 있는 방송 관계자들이 따로 연락이 왔었지, 아무래도 자네한테 선뜻 말하기는 어려운가 보더군. 방송계에서 산전수전을 다 겪은 이들이 20대인 김대남 대표한테 쩔쩔 맨다니."

"어떻게 보면 청탁이나 다름없지요. 그리고 제가 검찰에서 주로 맡았던 사건들이 무엇인지 아시지 않습니까. 그들 입장에선 조심해서 나쁠 게 없다는 판단일 겁니다."

"그렇겠지, 웬만한 재력가들도 자네 앞에서 힘 한 번 써보지 못한 채 끌려 나갔으니 말이야."

똑똑-

그 순간, 대표실 문 너머로 노크 소리가 들려왔다. 선약이 잡혀 있었던 MBS 방송국 본부장이 시간보다 이르게 찾아온 것이었다.

"어지간히도 애가 탔나 보군, 나는 먼저 일어나겠네."

곽 감독은 미소 지으며 자리에서 일어나 보였다.

곽 감독이 자리를 비우고 얼마 지나지 않아 배가 불룩한 정장 차림의 중년인이 대표실 안으로 들어섰다.

그는 안경 사이로 가려진 얇은 눈매로 대남과 대표실 안을 훑어보더니 악수를 청함과 동시에 얄팍한 목소리를 내보였다.

"처음 뵙겠소. MBS 본부 본부장 김정제이올시다. 황금양 사옥이 으리으리한 줄은 알고 있었지만 이렇게 멋있을 줄이야 생각지도 못했군. 돼지 목에 진주목걸이까진 아니더라도 회사 규모에 비해 사옥이 너무 좋아."

그는 원체 남에게 하대하는 것을 즐겨 하는 모양인지 대남의 앞에서도 존대를 쓰지 않고 있었다. 대남을 황금양의 대표라고 인식하기보다 그저 저보다 나이가 어린 후배쯤으로 생각하고 있는 모양이었다.

"타 방송국에서도 본부장급들이 찾아온다기에 내가 왔소. 사실 오기 전까지만 해도 굳이 방송 프로그램 하나 섭외하자고 본부장인 내가 직접 와야 하나 싶었지만 말이야. 그래도 황금양의 대표가 김대남 씨이고, 웬만한 유명 인사보다 더 유명한 청년 아니오. 그래서 손수 왔소이다. 내가 온 이유는 알고 있겠지……?"

대부분의 방송국 관계자들이 대남의 눈치를 살피는 것에 반해 그렇지 아니한 인물도 아직 있었다. 대남에 관해 잘 모르거나, 본인의 지위에 심취해 있는 것일 테다.

본부장의 물음에 대남이 비릿한 미소를 머금으며 입을 열었다.

"알고 있지."

"뭐?"

대남의 갑작스러운 대답에 본부장의 얼굴에 당황한 기색이 스쳐 지나갔다. 자신의 물음에 대남이 반말로 대답할 줄은 까맣게 몰랐다는 표정이다.

당황은 사라지고 어느새 붉어진 볼이 거세게 실룩였다. 본부장은 대남을 향해 눈을 흘기며 언성을 높였다.

"지금 나한테 반말을 한 겐가? 내가 누구인지 모르나?"

"MBS 본부 본부장 김정제 씨 아닌가? 그러는 그쪽은 내가 누군지 모르나?"

"허."

본부장이 허탈한 듯 한숨을 내쉬어 보였다. 하지만 매섭게 올라간 눈매를 보아하니 그가 지금 얼마나 화가 났는지 알 수 있었다. 언제라도 기차 화통을 삶아 먹은 듯한 언성이 터져 나올 것 같았다.

예상외로 적막감을 깨고 먼저 말문을 연 것은 대남이었다.

"본부장께서 황금양에 온 이유는 뭡니까?"

"몰라서 묻는 겐가? 그것도 아니면 날 놀리나 지금!"

"웃기네요."

"뭐어?"

본부장은 이러한 경우를 당한 적이 처음인지 벌겋게 익어버린 홍시처럼 언제 터질지 모를 만큼 인상을 쓰고 있었다.

상석에 앉은 대남은 그러한 본부장의 모습에도 전혀 긴장되거나 두려워하지 않았다. 오히려 고개를 들어 본부장의 눈을 직시하며 나직이 말했다.

"MBS 본부장 김정제 씨, 똑똑히 들으세요. 저는 당신을 찾지도 않았거니와 당신의 방문을 원하지도 않았습니다. 그럼에도 불구하고 저를 찾아 황금양에 온 것은 오롯이 당신의 뜻이고 그 이유 또한 당신이 알고 있겠지요. 그런데 그렇게 안하무인처럼 행동하다니, 당신이야말로 내가 누구인지 모르십니까?"

"······!"

본부장의 손등은 소파 걸이를 거세게 잡고 있었고 목에 선 핏대는 언제 노성이 터져 나와도 이상하지 않을 모습이었다. 하지만 대남의 말 때문이었을까, 그는 쉽사리 자리를 박차고 일어나지 못했다.

'김대남 검사.'

본부장은 그제야 대남의 정체를 상기할 수가 있었다. 황금양의 젊은 대표가 아니라 검찰을 종횡무진하며 웬만한 재력가들을 손수 끌어내렸던 특수부 검사였다.

담록의 후계자들을 잡아넣고 검찰 생활의 종지부를 찍은 것은 그가 얼마나 결단력 있는 사람인지 말해주는 대목이기도 했다.

본부장은 짐짓 뜸을 들이다 이내 자세를 낮추고는 말문을 열었다.

"······내 미안하게 됐소이다. 사실 김 대표가 나이도 어리고 해서 내 동생 같아 쉽게 쉽게 가자는 취지에서 좀 편하게 말했던 거요. 앞으로 조심할 테니 이해해 줬으면 좋겠소. 오늘 내가 황금양을 찾은 이유는 다름이 아니라 이번 대국민 오디션에 관해 논의를 하고 싶어서……"

"오디션 말입니까."

"그, 그래요. 듣기로는 KBC 예능에 나와 이와 관련된 얘기를 했다고 하던데 말입니다."

"그런 말을 하기는 했습니다만."

"김 대표, 내 단도직입적으로 제안하겠소. 방송 3사 중에 우리 MBS가 예능국은 가장 선두로 달리고 있다 봐도 과언이 아니지. 당장에 필요한 제작비 지원뿐만 아니라 대국민 오디션을 맡아 기획할 PD 또한 국장급 라인에서 뽑아주겠소. 쇼의 클라이맥스와 화제성을 높이기 위해 방송 연출에 베테랑 작가들을 포진시키는 것은 물론이고 원한다면 황금시간대 황금양 광고도 고려해 보지."

파격적인 계약 조건이 아닐 수 없었다. 방송국 측에서도 이미 황금양 오디션의 흥행을 예상하고 있었다. 아직 계획도 잡히지 않은 프로그램이 언론에 대서특필되고 그에 국민들이 화답하니 당연한 이야기다.

하지만 대남이 대답을 하지 않고 뜸을 들이자 본부장이 애가 타는지 뒷말을 이었다.

"더 원하는 게 있소? 있다면 말만 하시오. 하지만 이 정도 제안이면 어느 방송국을 가더라도 최상급 대우라는 것을 알 텐데."

"본부장이 보시기에 사업가로서 지켜야 할 가장 덕목은 무엇이라 보십니까."

"이익……?"

갑작스러운 대남의 질문에 본부장이 의아한 표정으로 답했다. 대남은 그 대답에 짧게 고개를 끄덕여 보이고는 말했다.

"맞습니다. 하나 지금 상황으로 따지고 본다면 어느 방송국을 가더라도 MBS 수준의 방송 지원을 해줄 것이 자명합니다. 또한 본부장께서 잘못 생각한 점이 있는데 이번 황금양 배 대국민 오디션은 '쇼'가 아닙니다. 당신네들의 시청률 기록을 위해 만들 프로그램이 아니라는 소리지요."

"……!"

"이로써 앞선 말이 이해가 되셨으리라 생각됩니다. 뒤이어 의리라는 부분도 생각해 봐야 할 문제인데 제가 검사로 있을 시절, 검찰에 관한 내부비리와 재벌가에 대한 수사를 할 때 MBS는 제 출연을 달가워하지도 않았을뿐더러 문전박대했습니다. 한데 지금 와서 공조를 하자고요?"

"그, 그건 그때의 사정 때문이지 않소. 공과 사는……."

"공과 사를 따지지 않다고 보더라도 MBS의 제안은 너무 약소합니다. 애초에 이 정도 안건을 해결하기 위해선 본부장이 오셨으면 안 되죠."

"그럼 누가 왔어야 했나……?"

본부장은 이미 대남의 마음을 돌리기가 힘들다는 것을 깨달은 것인지 이마에 진땀이 맺혀 있었다.

분명 방송국을 나설 때만 해도 호기로웠을 테지만 지금은 얼굴에 초조함과 긴장이 뒤섞여 흐르고 있었다.

똑똑-

그 순간, 대표실 문 너머로 노크 소리가 들려왔다.

"한 분이 더 오셨나 봅니다. 본부장께선 이만 일어나주셔야 할 것 같은데요."

"누, 누가 왔는데 그러나? 타 방송사 본부장인가? 그거라면 나도 같은 자리에서 또 한 번 이야기를……."

대남은 본부장의 말꼬리를 잘라내며 고개를 저어 보였다.

"틀렸습니다, 제가 방금 말했지 않습니까. 이 정도 안건을 해결하기 위해선 본부장급만으로는 힘들다고 말입니다."

"그, 그럼?"

"KBC 방송국 사장님이 직접 오셨습니다."

"……!"

끼리릭-

대표실의 문이 열리고 문 너머로 서 있는 인영이 모습을 드러내자, 본부장의 눈이 믿기지 않는 사실을 목도한 것처럼 부릅떠졌다.

본부장 김정제는 얼떨떨한 표정을 자리를 나설 수밖에 없었다. 그는 문을 나서는 그 순간까지 자신이 본 인물이 KBC 사장이 맞는지 수차례 확인하고 나서야 자리를 떴다.

KBC 방송국 권수완 사장은 인자한 미소를 지어 보이며 자리에 앉았다.

"오랜만입니다. 김대남 대표."

권수완 사장과 대남은 이미 일면식이 있는 사이였다.

지난날 KBC 방송국의 간판 프로그램이 된 '대국민 퀴즈쇼'를 반석 위에 올려놓은 인물이 사실상 대남이었고 그 과정에서 대남과 권 사장은 서로 막역한 사이가 될 수 있었다.

"조금 전에 나갔던 MBS 본부장 또한 제가 지금 하려는 제안을 하기 위해 온 것일 테지요?"

권 사장의 물음에 대남은 긍정의 의사로 고개를 끄덕여 보였다.

"역시 대국민 오디션이 방송가의 화두이긴 한가 봅니다. 이미 웬만한 제안이야 MBS 측에서 운을 띄웠을 테고……. 김대남 대표님이 원하시는 게 무엇입니까."

권 사장은 눈앞의 대남이 실로 놀라웠다. 민물에서 헤엄칠 송사리가 아닌 줄은 진작 알고 있었지만 이 정도일 줄은 예상치 못했었다.

더군다나 단기간 내 검찰에서 완전히 입지를 세운 것은 물론 전 국민적으로도 열렬한 환호를 받는 인물이다. 사회적 입지로 따지면 자신과 비교해도 뒤처지지 않는다는 것이 권 사장의 평가였다.

"무엇을 주실 수 있으십니까, 절 한번 설득해 보세요."

대남의 되물음에 권 사장의 얼굴에는 당황한 기색이 잠깐 떠올랐으니 이내 표정을 수습하고는 말했다.

"저는 개인적으로 김대남 대표가 고안한 대국민 오디션에 큰 의의를 두고 있습니다. 다른 방송사에서 따라 한다고 한들 화제가 될 수 있었을까요? 아닙니다. 시작 전부터 이렇게 뜨거운 관심을 몰고 온 것은 다름 아닌 김대남이라는 이름 석 자 때문일 테지요. 시대는 변화하고 있고 그 선두에는 다름 아닌 김대남 대표가 있으니 말입니다."

콧대 높은 방송국의 사장이라 치기에는 믿기지 않을 정도로 대남에게 자세를 낮추어 보였다. 권 사장 또한 대남에 관해 잘 알고 있는 인물이기에 그럴 수가 있었다.

"솔직히 놀랐습니다. 김대남 대표가 이토록 짧은 시간 안에 이런 모습으로 저와 대면하게 될 줄은 상상도 못 했으니 말입니다. 하지만 김대남 대표의 저력을 그동안 톡톡히 보았습니다. 비단 검찰뿐만 아니라 다른 분야에서도 그 파워를 어김없이 보여주리라 믿습니다. 김대남 대표가 원하는 조건이라면 무엇이든 들어드리겠습니다. 하지만 가장 중요한 것은 물질적인 것이 아닐 테지요."

물질적인 것이 중요한 것이 아니다. 대남이 원하는 바를 권 사장은 정확히 꿰뚫고 있었다. 물질적인 것을 원했더라면 애초에 이런 대화를 꺼내지도 않았을 터였다. 가까이 있는 나무를 보기보단 울창한 숲 전체를 보라 했다.

"제게 김대남 대표를 설득해 보라고 하셨지요. 이번 대국민 오디션은."

권 사장은 대남을 향해 마지막 말을 덧붙였다.

"방송 프로그램이 아닌, 황금양을 위한 시간이 되어드리지요."

황금양을 위한 시간이 되겠다는 권 사장의 발언은 꽤 많은 의미를 함유하고 있었다.

대국민 오디션은 방송 프로그램으로는 더할 나위 손색이 없는 프로그램이었다. 유례없던 오디션 프로그램이기에 국민들의 관심을 물론이고, 대남의 단발성 출연만으로도 큰 화제를 몰고 올 것이 자명했다.

대남과 KBC 방송국 권수완 사장이 접촉했다는 사실은 이미 입소문을 타고 급속도로 방송가에 퍼져 나갔다. 가히 솜이 물을 흡수하는 속도보다 빨랐으리라. 그 정도로 방송가는 대국민 오디션에 대해 이목을 집중하고 있었다.

"김대남 대표님 되시죠?"

프로그램이 편성되기도 전이었지만 KBC 측에선 황금양이 어떠한 방향으로 대국민 오디션을 진행할지 먼저 베테랑 작가를 보내주었다. 프로그램의 방향에 따라 기획 PD를 결정한다는 것이니 그것부터가 파격적인 발걸음의 시작이라 할 수 있었다.

"KBC 예능국 소속 작가 김미진입니다. 이래 봬도 예능국과 시사국에서 쓴 물, 짠물, 단물 다 먹어가며 일해봤으니 걱정 안 하셔도 됩니다. 오늘은 간단히 앞으로 진행될 대국민 오디션에 대한 인터뷰를 위해 왔으니 제가 묻는 질문에 답변해 주시면 되겠습니다."

강단 있어 보이는 생김새의 여작가였다. 아무래도 방송국에서 오랫동안 살아남았으니 내공은 겉으로 보이는 것보다 더욱 축적되어 있을 터였다.

"김대남 대표님 인터뷰 건 때문에 예능국에서 얼마나 말들이 많았는지 아세요? 보통 때 같았으면 전부 사전 취재 나가기를 꺼리거든요. 그런데 김대남 대표님을 취재한다니까 이번에는 너 나 할 것 없이 전부 같이 오고 싶어 해서 문제였어요. 결국 제일 짬이 많이 찬 제가 왔지만요."

"그렇군요."

"네. 방송국에서 김대남 대표님은 그야말로 살아 있는 전설 같은 존재니까요. 특히 KBC 방송국에선 예능국 시사국 할 것 없이 출연하시는 프로그램마다 대히트를 기록하셔서, 작가들 사이에서도 마이더스의 손이라 불리고 있어요."

작가는 잠시 자신의 이야기를 하는가 싶더니 이내 질문지를 훑어보고는 의미심장한 표정이 되었다. 아무래도 곤란한 질문이 가장 윗선에 있는 듯했다.

대남의 눈치를 살피던 작가가 한 차례 호흡을 가다듬고는 고개를 들었다.

"외람된 말씀이지만 대표님, 혹시 고지원 씨와는 어떠한 관계이신가요……?"

"네?"

뜻밖의 질문이기에 대남은 실소를 머금었다. 작가는 멋쩍은 표정을 지어 보였지만 질문의 답이 궁금하기는 매한가지인 듯했다. 대남은 그러한 작가를 바라보며 되물었다.

"왜 그런 게 궁금하신 겁니까?"

"일전에 '삶의 체험현장'이라는 프로그램에서 여배우 고지원 씨와 김대남 대표님과 사이에서 트러블이 있었던 게 사실이잖아요? 당시 야외촬영을 나섰던 스태프들 이야기를 들어보면 분위기가 살벌했다고 하던데, 갑자기 고지원 씨가 황금양에 소속되니 이게 어떻게 된 건가 해서 말들이 많았거든요. 아시잖아요, 방송국 사람들 가십 좋아하는 거. 이미 연예부 기자들 사이에선 고지원 씨와 김대남 대표님이 연인 관계가 아니냐는 추측까지 불거지고 있고요……"

영화배우의 염문설은 항상 사람들의 원초적인 욕구를 자극

한다. 더욱이 상대가 기획사의 대표이거나 영화계의 거물급 인사라면 금상첨화일 터.

충무로의 스타라 불리지만 아름다운 장미에 가시가 돋치는 것처럼 날카로운 고지원과 냉철하고 거침없는 대남의 소문은 방송국 관계자들의 귀를 기울이게 하기에 충분했다.

작가 또한 내심 소문이 사실이 아닐까 하고 고대하는 표정이었다.

"결코 아닙니다."

"아, 그렇습니까? 그럼 고지원 씨가 황금양에 새로운 둥지를 틀게 된 연유를 여쭤봐도 될까요?"

"황금양은 전도유망한 배우들에게는 언제나 문이 열려 있는 곳입니다. 고지원 씨 또한 황금양에 들어오기에 부족함이 없는 배우이고, 앞으로가 기대되는 연기자이기에 입사를 결정하게 된 것이지 다른 이유는 없습니다."

작가는 대남의 대답에 몹시도 아쉬워하는 눈치였다. 대국민 오디션만으로도 큰 화제를 몰고 올 수 있었지만 대남과 고지원의 열애설을 단독으로 따내게 된다면 이번 하반기 예능은 KBC가 꽉 거머쥐고 갈 수 있었기 때문이다.

물거품이 되어버린 생각을 붙잡고 있기도 전에 작가는 또다시 대남을 향해 물었다.

"그럼 새로운 질문을 드리겠습니다. 김대남 대표가 기획한 대국민 오디션의 시작 전부터 이미 국민적 관심이 엄청난 상황인데 혹자는 김 대표가 황금양을 홍보하기 위한 수단으로 막무가내식 오디션을 개최하는 것이 아니냐는 말도 있습니다. 실상 기획사 입장에선 신인을 기용한다고 해서 단기간 내에 수익이 나올 수가 없는 구조니까요."

영화계는 이미 기성 배우들이 주·조연을 도맡아 하고 있는 실정이었다. 새로운 얼굴을 기대하기보다는 매번 똑같은 배역의 똑같은 인물이 자리했기에 신인들의 발돋움 자체가 힘들뿐더러 기성들과의 호흡을 맞출 기회조차 요원했다.

이러한 상황 속에서 황금양이 신인을 대거 기용한다는 것은 연예계 종사자들의 눈엔 도박으로밖에 보이지 않았다.

"작가님은 제가 고작 홍보를 위해 대국민 오디션을 진행한다고 생각하십니까?"

"저는 그렇게 생각하지 않지만⋯⋯."

작가는 곤란한 표정을 지어 보이며 뒷말을 흐렸다.

"영화계는 현재 상당히 침체되어 있습니다. 앞선 녹화방송에서 밝혔다시피 기획사의 횡포도 그러한 침체의 가속화에 힘을 실어주고 있는 입장이고요. 저는 대국민 오디션을 통해 황금양의 계약 조건은 물론이고, 계약 기간까지 밝힐 예정입니다."

"⋯⋯!"

"신인들에게 길을 열어주고 삭막했던 영화계와 방송업계에 새로운 바람을 불러일으키자는 것이 황금양 배 대국민 오디션의 목적입니다. 그런데도 모든 것을 황금양의 홍보라 매도하는 그들에게 묻고 싶군요. 당신들은 정녕 영화계를 위해 노력한 적이 있느냐고."

대남의 눈동자는 흔들림이 없었다.

작가는 침음을 삼켰다. 작금의 영화계는 대남의 말마따나 잡음이 끊이지 않는 곳이었다. 충무로에서 불거지는 스캔들을 비롯해 우후죽순처럼 생겨나는 상업영화들은 영화계의 퇴보를 거듭하게 만들었다.

"신인들은 더 이상 발 디딜 곳이 없을 정도로 경력이 없으면 극단에서조차 기용을 해주지 않는 판국입니다. 빽 없고 돈 없는 이들이 충무로의 진출을 꾀할 수 있다고 보십니까? 백에 하나쯤은 가능하겠지요. 하나 제아무리 실력이 출중하다고 한들 이러한 시스템 속에서는 사장될 수밖에 없습니다. 열정이 있다고 한들 무슨 소용이겠습니까, 굶어 죽으면 끝나는 일인데. 대국민 오디션은 황금양을 위한 것이 아닙니다."

이어지는 뒷말에 작가는 탄성을 터뜨렸다.

"식지 않는 열정을 가진 이들을 위한 것이지요."

KBC 예능국은 대국민 오디션으로 인해 호재를 누리고 있었다. 황금양의 김대남 대표를 설득하기 위해 KBC 본부 권수완 사장이 직접 나섰다는 것은 이미 방송업계에 유명한 일화가 되어 있었다.

그에 반해 MBS 방송국에선 을씨년스러운 분위기가 연출되고 있었다.

"김대남이를 설득할 수 있다고 그렇게 호언장담을 하더니. 김정제 본부장, 어떻게 된 거요!"

MBS 본부 사장 김동진이 눈을 부라리며 기립해 있는 본부장 김정제를 쏘아봤다.

대국민 오디션은 각 방송국에서 사활을 걸다시피 했던 방송 프로그램이었다. 더욱이 황금양이 없는 대국민 오디션은 앙꼬 없는 찐빵일 터, 무조건 황금양 김대남이 있어야만 그 이름값이 살아났다.

"분명 우리 MBS 예능국이 지원할 수 있는 역량에 대해서는 아끼지 말라 했을 텐데, 본부장이 직접 가서도 일개 기획사 사장 하나를 설득하지 못했다는 것이 말이 되나!"

"그, 그것이 KBC 쪽에선 권수완 사장이 직접 나서는 바람에……."

"지금 내가 나서지 않아서 이렇게 일이 꼬였다는 말이라도 하고 싶은 겐가! 설마 그러한 자리에 가서 또 안하무인처럼 군

건 아닐 테지? 내가 분명 어떻게 해서든 계약을 성사시키라 했을 텐데 말이야."

"겨, 결코 그렇지 않습니다. 사장님."

김 사장의 호통에 본부장은 혼비백산한 듯 낯빛이 거무죽죽해지고 있었다.

본부장은 김대남 대표를 설득할 자신이 있다며 호언장담했던 지난날의 기억이 사무치게 후회가 되었다.

여태껏 당해본 적 없던 수모를 겪은 것도 모자라 직속 상관이라 할 수 있는 사장 앞에서 이토록 호되게 깨지고 있자니 가슴속 깊은 곳에서 억울함이 치밀었다.

"지금 KBC 방송국은 완전히 호황이라고 하더군. 어느 부서를 가더라도 웃음이 끊이질 않는다고 해, 그 이유를 알고 있나?"

"대국민 오디션 때문……."

"그걸 아는 사람이 그래! 정 안 되겠으면 김대남 바짓가랑이라도 잡고 매달렸어야 하는 게 아닌가! 본부장이 직접 해결할 수 있다고 자신만만하게 말할 때는 언제고 KBC에 먹잇감을 빼앗겨? 황금양을 먼저 찾은 것도 당신이고, 김대남이를 권수완이보다 더 빨리 만나지 않았나! 그런데 지금 내 앞에서 실패를 논해!"

김 사장은 당장에라도 자리를 박차고 일어날 것처럼 얼굴이 붉어져 있었다. 목에 바짝 오른 핏대는 금방 터져도 이상하지 않을 만큼 부풀어 올라 있었다. 본부장은 이토록 화가 난 사장을 대면하는 것이 처음인지라 어쩔 줄 몰라 했다.

"해결 방법은."

김 사장의 나직한 물음에 본부장은 쉽사리 입을 뗄 수가 없었다. 대국민 오디션에 버금가는 해결 방안을 내놓아야 사장의 진노가 풀릴 터인데 그러한 방도가 아무리 머리를 뒤적여 봐도 생각이 나지 않았기 때문이다.

"해결 방법은!"

"있, 있습니다."

김 사장이 재차 호통을 치자 본부장은 저도 모르게 대답하고 말았다.

김 사장의 눈매가 매섭게 휘어졌다. 어서 빨리 답변을 내놓아 보이란 뜻이다. 그 모습에 본부장은 침을 꿀꺽 삼키고는 나머지 말을 토해냈다.

"白, 白기획사를 이용하면 됩니다."

KBC 예능국은 그야말로 생기가 넘치고 있었다. 대국민 오디션을 맡은 것, 그 하나만 보더라도 이미 하반기 예능은 지상 3사 중 KBC가 꽉 휘어잡았다고 봐도 과언이 아니었다.

대국민 오디션의 기획을 맡은 PD는 긴장된 마음으로 대남을 맞이했다.

"안녕하십니까, 대국민 오디션의 기획을 맡은 PD 이설진입니다. 김대남 대표님을 뵙게 되어 정말 영광입니다."

PD는 대남을 향해 감복한 표정을 지어 보였다. 그 또한 방송국에서 입지를 인정받은 유능한 PD였지만 김대남이라는 인물을 동경하고 있었던 모양인지 대남의 손을 마주 잡은 채 입가에 미소가 떠날 생각을 하지 않고 있었다.

"대국민 오디션의 개요는 알고 계십니까."

"권수완 사장님으로부터 내려온 특명을 제가 잊을 리가 있겠습니까. 흥미 위주의 방송 프로그램이 아닌 황금양을 위한 시간이 되어라. 하하, 걱정하지 않으셔도 좋습니다. 김대남 대표님을 만난다는 사실에 어제 잠도 제대로 못 이뤘습니다. 대표님이 검사직에 계실 때부터 열렬한 팬이었습니다."

"그렇게 말씀해 주시니 감사하군요. 그나저나 타 방송사에서 별다른 움직임은 없던가요?"

대남의 물음에 PD가 잠시 주춤거렸다. KBC가 대국민 오디션의 쾌거를 이뤄냈다는 소문이 방송업계에 감돌자 타 방송국들이 타도 대국민 오디션을 위해 대망의 프로그램을 준비한다는 또 다른 소문이 돌았기 때문이다.

특히 MBS 측에서 상도덕에 어긋나는 짓까지 한다는 말이

나오고 있는 찰나였다.

"그, 그게 白기획사를 주축으로 MBS에서 똑같은 플랫폼을……."

"그렇군요."

예상외로 대남은 화가 난 모습이 아니었다. 물론 황금양 주최의 대국민 오디션보다 화제가 될 가능성은 낮았지만 白기획사 또한 본래 이 업계에서 선두를 달리고 있는 곳이었고 규모로 따지고 보면 황금양의 배 이상이었다. MBS 입장에서는 황금양과 제대로 맞붙으려면 白기획사 정도는 돼야 한다고 판단했을 것이다.

하나 아무리 경쟁이 치열한 곳이 이 바닥이긴 했지만 가타부타 말도 없이 프로그램을 베끼는 행위는 용서할 수가 없었다.

"지금 저희 방송국에서도 MBS 예능국을 상대로 법적인 소송을 준비 중에 있습니다. 만약 白기획사 배 오디션이 사실로 드러날 경우 가만히 앉아서 당하지 않겠다는 것이 본사의 입장입니다."

"그렇게 하지 않으셔도 됩니다."

"네?"

대남의 갑작스러운 발언에 PD의 머리 위로 의문이 떠올랐다. 소송을 준비하지 말라니, 대체 무슨 소리일까. 프로그램으로 정면대결을 한다면 분명 시청률로는 황금양 대국민 오디션이 승리할 것이 자명했다. 하지만 만약을 염두에 둬야 하는 것도 이 바닥의 생리였다. 패를 까 보이기 전까지는 그 누구도 결과를 알 수 없기 때문이다.

"백창우라고 했지요. 白기획사의 대표가."

"네, 네 그렇습니다만."

대남은 짧게 고개를 주억거려 보이고는 회의실에 있는 TV 리모컨을 쥐어 잡았다. 주로 동 시간대 타 방송사 예능 프로그램을 분석할 용도로 쓰이는 거대한 브라운관 TV였다.

"白기획사는 제가 지난번 방송에서 말했다시피 많은 범법을 저질렀습니다. 비단 白기획사만의 문제만은 아니지만요. 저번에는 운 좋게 법망을 피했겠지만 이번은 아닙니다. 최근 성 접대를 비롯한 여타 범법 정황이 수면 위로 떠올랐습니다. 백창우가 확실히 관여했다는 증거도 함께 말이죠."

"……!"

"아무래도 지난번 방송에서 했던 발언 이후로 검찰의 수사가 더욱 가속화되었을 테지요."

대남은 말을 끝마치며 TV를 켜 보였다. 브라운관이 번쩍하더니 이내 뉴스 앵커가 모습을 드러냈다. 속보로 송출되고 있는 뉴스 화면에 PD는 눈을 떼지 못하고 있었다.

[白기획사 대표 백창우, 성 접대 및 불법 횡령 혐의로 검찰 긴급

체포!]

"白기획사의 뒷배를 봐주던 거물급 인사들은 이미 검찰의 수사를 받고 있는 입장이기에 백창우는 더 이상."

대남은 브라운관에 비치는 白기획사와 백창우의 모습을 바라보며 나직이 말을 이었다.

"법률로부터 도망칠 수가 없습니다."

"이게 어떻게 된 거야!"

MBS 방송국 사장은 혈안이 된 눈으로 본부장 김정제를 쏘아보고 있었다.

그의 손에는 오늘 아침 사장실로 배송된 조간신문이 마구잡이로 구겨져 있었다. 본부장은 작금의 사장이 왜 저렇게 화가 났는지 알 수 있었다.

[白기획사 대표 백창우 긴급체포!]

여느 신문사를 막론하고 금일 헤드라인을 장식한 문구이다.

"우리 방송국에서 白기획사를 필두로 대국민 오디션을 준비한다는 소문이 이미 파다하게 난 판국에 이런 일이 터지게 해?!"

사장은 본인도 기가 막히는지 기사를 읽어 내려가는 두 눈이 지진이라도 난 것처럼 사정없이 흔들리고 있었다. 그러다 곧장 고개를 들어 본부장을 향해 목에 핏대를 세웠다.

"우리 MBS 방송국이 KBC를 따라, 정확히는 황금양을 본떠 대국민 오디션을 개최한다고 얼마나 많은 손가락질을 받았는지는 알고 있겠지? 그런데도 내가 白기획사 배 대국민 오디션 기획을 승인한 이유가 무엇일까, 상도덕까지 저버리면서 말이야!"

"시, 시청률 때문……."

"그래, KBC에 시사·교양까지 밀리고 있는 마당에 황금시간대 예능 프로 시청률까지 뒤처지면 우린 뭐가 되겠냔 말이야! 본부장이라는 인간이 지금 일 처리를 이따위로 해!"

정확히는 본부장의 문제가 아닌 白기획사 백창우의 문제였지만 사장의 눈에는 그것을 따질 겨를이 없었다. 자존심까지 버려가며 벌였던 기획이었다. 상도덕에 어긋난 짓이라 욕을 먹을지언정 시청률이 더욱 중했다. 한데, 모든 것이 물거품이 되어버린 이 상황이 믿기지 않았다.

"돌파구를 만들어."

"네?"

"황금양과 한 번 더 접촉해 보란 말이야!"

"⋯⋯!"

황금양에 다시 접촉을 해보라는 말이 무엇을 의미하는 것인지 모르지 않았다. 白기획사를 이용해 동 시간대 같은 프로그램을 만드는 것보다 어떻게 보면 더욱 큰 의미로 야비한 행위였다. 하지만 사장의 번들거리는 눈동자는 멈출 기세를 보이지 않았다.

"고독재를 이용해."

"⋯⋯!"

고독재가 누구인가. 충무로의 별이오, 걸어 다니는 조각상. 별의별 수식어가 뒤따르는 배우였다. 분명한 건 영화업계에서 뚜렷한 입지를 자랑하는 기성 배우라는 사실이었다. 또한 MBS 사장의 조카였다.

황금양은 종횡무진하며 방송업계에 차츰 스며들고 있었다.

대국민 오디션 이후로 황금양 주위를 기웃거리는 연예부 기자들의 숫자는 배 이상 늘었고 입사를 희망하는 이들의 문의 전화 또한 끊이지 않고 있었다.

"고독재⋯⋯!"

인사부서 직원 중 하나가 자신의 입을 틀어막으며 놀라움을 감추지 못하고 있었다.

그녀의 손에는 팩스 한 장이 파들파들 떨리며 들려 있었는데 그것에 놀라움의 원인이 숨어 있을 터였다.

동료가 다가가자 그녀가 휘둥그레진 눈으로 뒷말을 덧붙였다.

"저, 저희 회사로 소속되기를 원한대요."

"누가?"

"고독재 씨요!"

"……!"

그녀의 우렁찬 목소리에 인사부서가 왈칵 뒤집혔다.

고독재는 충무로에서 빠지지 않고 등장하는 주연배우였다. 배우로서는 이미 하이 커리어라 할 수 있는 연기 대상을 수차례 수상했으며 정상의 자리에서 내려올 줄 모르는 인물이었다.

그러한 인물이 황금양으로 자신의 이력서가 담긴 팩스를 보낸 것이다.

"이례적이네."

대남은 고독재의 커리어가 담긴 종이를 훑어 내려가며 중얼거렸다.

보통 기성급 배우들은 이처럼 이력서를 보내는 경우가 없었다. 이름만 들어도 알 법한 배우의 신상 명세를 파악해서 뭐하겠냔 말이다. 기존의 소속사에서 채워주지 못한 니즈를 요구하는 팩스가 오는 것이 더 말이 되었다.

"고독재가 왜 우리 황금양을 희망하는 걸까, 고지원 씨는 이유를 알겠어요?"

대남의 맞은편에 앉은 고지원은 다리를 꼬아 보이더니 대수롭지 않게 대답했다.

"고독재, 그 인간 계약 기간 끝나기 전부터 白기획사에 스카웃 당했다는 말이 많았어요. 기존 소속사는 개밥으로 보고 대표 전화도 계속 무시했다고 하더라고요. 인성 하나는 이 바닥에서 소문난 양반이니 그러려니 하는데. 웬걸, 白기획사가 말짱 황이 돼버렸으니 이유야 뻔하지 않겠어요?"

"白기획사와 원래 구두계약이 되어 있었다?"

"대표님이 검찰에 계실 때니까 모르셨을 수도 있겠네요. 고독재가 계약 해지 일 년 전부터 白기획사 백창우와 자주 만난다고 이쪽 업계에선 소문이 파다했어요. 아무래도 고독재가 대어니까 어느 소속사든 영입하려 혈안이 되어 있긴 했는데, 고독재도 너무 노골적으로 돈을 밝혔죠."

이 바닥은 소문이 무성한 곳이다. 실체를 알 수 없는 뜬구름 같은 이야기도 많았지만 말도 되지 않을 법한 소문이 사실로 드러나는 경우도 부지기수였다. 하지만 고독재의 이야기는 이미 업계에 파다하게 퍼진 소문이라 모르는 이가 없을 정도였다.

"제가 지원 씨를 뵙자고 요청한 건 고독재 씨에 대한 이야기를 나눠보고 싶어서입니다. 아무래도 현장에서 직접 고독재의 민낯을 대면한 사람은 당신뿐일 테니까요."

"묻고 싶은 게 뭔데요?"

"단도직입적으로 고지원 씨가 생각하기에 고독재를 황금양에서 영입해도 되겠습니까?"

고지원의 눈매가 묘해졌다. 항상 대남은 심하게 말하면 독단적이라고 표현할 수 있을 만큼 주관적인 판단을 내렸다. 하나 여태까지의 판단은 단 한 번도 틀린 적 없이 정확했으며, 결국 지금의 김대남을 만들었다고 말할 수 있었다.

그렇게 완벽주의에 철두철미한 대남이 저에게 의견을 구하고 있다. 흥미로운 사안이 아닐 수 없었다.

"아뇨."

고지원은 완강히 고개를 저어 보였다.

"질투가 아니라, 그 인간은 안 돼요."

"알겠습니다."

"구체적인 이유도 안 물어봐요?"

고지원의 물음에 대남은 말없이 어깨를 으쓱해 보였다. 그 모습에 고지원의 눈이 가늘어졌다. 이럴 거였으면 뭐하러 물어봤단 말인가, 하지만 그 생각이 미처 끝나기도 전에 대남이 운을 떼웠다.

"고지원 씨가 그리 생각한다면 그런 거겠죠."

황금양으로 고독재가 찾아온 것은 그로부터 이틀이 지난 뒤의 일이었다. 평소 영화배우들을 접할 기회가 많았던 황금양의 직원들조차도 고독재가 온다는 소식에 한껏 들떠 있었다.

비단 직원들만 상기되어 있는 것은 아니었다. 황금양 주위로 진을 치고 있던 기자들 또한 어디서 소문을 듣고 온 것인지 고독재가 황금양을 찾는다는 소식에 눈을 불을 켜고 있었다.

"대어긴 대어네."

대남은 창밖의 풍경을 바라보며 혼잣말을 내뱉었다. 인간 사이에 급은 존재하지 않지만 영화배우 사이에선 명백히 급이라는 것이 존재했다. 고독재는 급으로 치자면 분명 상위 계층에 존재하는 인물임이 틀림없었다. 보통 기획사의 대표라면 이러한 대어의 방문에 쾌재를 부를 법도 하건만 대남은 달랐다.

"안녕하세요, 고독재입니다."

훤칠한 외모와 더불어 또렷한 발음의 중저음 목소리가 그를 더욱 매력적으로 만들어주고 있었다. 외모로만 따지자면 부족한 조건이 없을 정도로 지극히 이상적이었다. 고독재 또한 그 사실을 아는지 얼굴에 자신감이 넘쳐 보였다.

"황금양으로 소속되기를 원하는 이유가 무엇입니까? 고독재 씨를 원하는 기획사는 이미 업계에 차고 넘칠 텐데요."

"차고 넘치기만 하겠습니까, 저를 모셔가겠다고 허구한 날집 앞에 진을 치고 있는 기획사 대표들도 수두룩합니다. 하하."

여유롭게 너스레를 떨어 보이는 고독재의 입꼬리는 귓불에닿을 정도로 말아 올라가 있었다. 영화 속에서 중후한 이미지와는 상반되는 그의 성격은 업계에서도 유명했다. 고독재는 대남이 말이 없자 자세를 앞당기고는 말을 이어나갔다.

"황금양에 왜 들어가고 싶어 하는지 그 이유를 물으셨죠?"

"그렇습니다."

"뭐, 이 바닥에 있는 알 만한 사람들은 다 알겠지만. 제가 원래 白기획사와 계약을 맺기 직전이었거든요. 다행히 지장을찍기 전에 백 대표가 검찰에 끌려갔으니 망정이지 잘못했으면침몰하는 난파선에 몸을 실을 뻔했지 않습니까."

"그래요?"

"사실 전 소속사가 다시 재계약을 하자고 바짓가랑이를 붙잡던 걸 뿌리치고 황금양에 온 겁니다. 황금양이 이번에 대국민 오디션 프로그램이다 뭐다 진행한다고 말들이 많은데, 그런 잔챙이들보다 차라리 저 같은 대어를 한 번에 낚는다면 회사로서는 오히려 더 이득일 텐데 말입니다."

고독재의 얼굴에는 여유로움이 가득했고 의기양양했다. 자기 자신을 대어라 표현할 만큼 몸값에 상당히 자신 있는 듯한 모습이었다.

"글쎄요, 그다지 설득력이 있는 말 같진 않군요."

"네? 그게 무슨 말입니까? 잘 이해가 가지 않는데."

"고독재 씨의 커리어는 인정해 줄 만합니다. 남들은 생애 한 번 받기도 힘든 연기 대상을 두 차례나 수상한 것도 모자라 현재 충무로에서 가장 뜨거운 반응을 얻고 있는 배우이니 말입니다. 하지만 그것만으로는 황금양이 당신을 원할 만한 이유가 되기엔 부족하지요."

"……!"

고독재의 눈매가 매섭게 치켜 올라갔다. 대남의 직설적인 말에 상당히 충격을 받은 눈치였다. 그럼에도 불구하고 대남은 계속해서 말을 이어나갔다.

"白기획사 백창우 대표의 구속은 방송업계를 비롯한 기획사 업계에 크나큰 영향을 주었습니다. 고독재 씨가 白기획사와의 계약을 파투낼 수밖에 없었던 상황은 이해하지만, 아쉽게도 황금양에선 박쥐를 받아줄 아량이 없군요."

"박, 박쥐?"

"다르게 불러드릴까요?"

들끓는 용광로의 빛깔이 이러할까, 고독재의 얼굴이 금방이라도 녹아내릴 듯 벌게지고 있었다.

대부분의 기획사가 자신 앞에서는 고개를 숙이고 굽신거리기 일쑤였다. 넝쿨째 복이 굴러들어온 것이나 다름없는데, 눈앞의 대남은 전혀 미동조차 보이지 않고 있었다. 오히려 기가 막힌 것은 고독재였다.

"잠, 잠깐만요. 김대남 대표, 다시 생각해 봐야 하는 거 아닙니까? 내가 첫 번째로 황금양을 찾지 않았던 것에 대해서는 미안하게 생각하지만 이거 말이 너무한 거 아니요."

"너무하다니? 사실을 말한 것도 문제가 되나요? 저희 사 측과 가계약을 한 것도 아니고요."

"……."

고독재는 입을 다물 수밖에 없었다. 실상 대남의 말처럼 황금양과 선 계약을 한 것도 아니었기 때문이다. 물론 자신이 이렇게 팽 당할 줄은 상상조차 못 했을 것이다.

고독재는 짐짓 뜸을 들이더니 이전과 다른 초조한 모습으로 입을 열었다.

"아니, 김대남 대표님. 그러지 마시고 재고해 보시는 게 어떻겠습니까? 사실 제가 이번 황금양에서 개최하는 대국민 오디션에 관심이 많습니다. 심사위원으로 제가 등장하면 황금양의 위상에도 큰 도움이 될 것이고 방송적으로도 큰 화젯거리 아니겠습니까, 그런데 굳이 예능 프로그램을 몇 번이나 죽 쑤듯 한 KBC에서 그러한 기획을 하는 것이."

"무슨 말입니까, 지금?"

"그, 그게."

"고독재 씨."

대남이 말을 이으려는 찰나, 대표실 문 너머로 노크 소리가 들려왔다. 대남이 누구냐고 묻자 비서가 조심스레 말을 전해왔다.

-MBS 방송국 본부장 김정제 씨가 대표님을 뵙기를 원합니다. 고독재 씨와 이미 이야기가 되었을 것이라고……

비서의 말이 채 끝나기도 전에 대남은 고개를 돌려 고독재를 바라봤다.

고독재의 얼굴은 이전과는 비교도 되지 않을 만큼 당황한 기색이 역력히 나타나고 있었다.

"들어오라고 하세요."

대남의 말이 떨어지기 무섭게 대표실 문이 열어 젖혀졌다. 문 너머로는 일전에 마주했던 MBS 본부장 김정제가 떡하니 서 있었다. 그는 대남과 고독재가 마주 앉아 있는 것을 보고 흡족한 미소를 지어 보였다.

"아이고, 김 대표 오래간만입니다. 고독재 씨도 함께 있는 걸 제가 미처 몰랐군요. 중요한 이야기를 하시는 중이었나 봅니다? 아무래도 제가 마무리 지어야 할 이야기 같은데 한 자리 앉아도 되겠습니까?"

"그러시죠."

본부장은 자리에 앉으면서 오히려 기세등등해졌다. 대남은 갑작스레 본부장이 찾아온 연유를 모르지 않았다. 고독재는 어쩔 줄 몰라 하는 표정으로 진땀을 흘리고 있었다.

실내에 침묵이 감돌자 먼저 말문을 연 것은 눈치가 없는 본부장이었다.

"이쯤 되면 우리 고 배우와 말을 많이 나누셨을 거라 생각하는데, 김 대표는 MBS 예능국이 대국민 오디션의 기획을 맡는 것에 대해 어떻게 생각합니까?"

"……!"

고독재의 얼굴이 당혹감으로 물들었다. 그는 눈을 부릅뜨며 본부장을 바라봤지만 본부장의 시선은 대남의 입에 닿아 그의 눈초리까지는 파악하지 못하는 듯했다. 대남은 두 사람의 상반된 모습을 바라보며 말했다.

"MBS가 대국민 오디션을 맡는다니, 과연 소화해 내실 수 있으시겠습니까?"

"그걸 말이라고 합니까, 소화하다마다요. 우리 MBS가 KBC보다 예능국 시스템이 뛰어난 건 방송가에 공공연하게 알려진 사실입니다. 김 대표께서도 MBS를 선택하게 된다면 후회 안 하실 겁니다. KBC 예능국은 저희 예능국에 비하면 경쟁사라 치기에도 뭣한 열악한 수준이지요."

본부장은 경쟁 방송사인 KBC를 신랄하게 깎아내렸다. 대남이 말을 아끼자 본부장은 이때다 싶어 확실하게 종지부를 찍었다.

"김 대표, 내 딱 이 말만 하겠소. 지금 여기 계시는 배우 고독재 씨를 황금양에서 영입함과 동시에 MBS의 전폭적인 지원 아래 대국민 오디션을 개최하게 된다면 결과는 떼 놓은 당상이 아니오. 이렇게 머리 쓰면서 복잡한 고민할 필요도 없는 문제란 말이오."

"그쪽에선 원래 白기획사 주최의 오디션을 개최하려 하지 않았습니까?"

"그, 그거야 백창우 그 인간이 워낙 청탁하는 탓에 어쩔 수 없이 고려만 해본 거지 실질적으로 이뤄진 일은 아니지 않소. 과거사는 다 과거에 묻고 새로운 출발을 시작할 줄 아는 게 사업가의 덕목 아니겠습니까?"

대남은 고개를 주억거리며 고민을 거듭했다. 그 모습에 본부장은 속으로 쾌재를 부르짖었다. 한편 고독재는 상황이 어떻게 돌아가는 것인지 제대로 파악을 하지 못해 어안이 벙벙한 표정이었다. 그 순간, 대남이 고개를 들어 두 사람을 바라봤다.

"그리는 안 될 것 같습니다."

"그래요. 그렇게 흔쾌히…… 뭐요!?"

"굳이 썩은 잿물을 마실 필요가 있겠습니까."

"……!"

여유만만하게 소파에 몸을 기대고 있던 본부장의 등이 일자로 곧추세워졌다.

"아, 아니, 김 대표 그게 무슨 말이오. 고 배우와 이미 이야기가 끝난 거로 압니다. 이렇게 일을 그르치게 되면 고 배우와 계약은 물론이고 앞으로 MBS와도 얼굴을 붉히게 될 터인데. 도대체, 도대체 왜 그러는 것이오."

본부장은 이전의 태도와는 상반되다시피 할 정도로 대남을 애처롭게 바라보고 있었다. 고독재의 표정도 마냥 좋지 못한 것을 본 그의 얼굴은 더욱 시퍼렇게 질려 들어갔다. 대남은 본부장의 두 눈을 지켜보며 똑똑히 말했다.

"고독재 씨와는 애초에 계약할 마음이 없었습니다. 롱런할 수 없는 배우를 괜히 잡고 있어 봤자지 않겠습니까."

"……!"

"또, MBS와 얼굴을 붉히게 된다고 말씀하신 건, 앞으로 황금양이 어떠한 방향으로 나아갈지 알고 이토록 척을 두겠다 섣불리 공언하시는 건지 모르겠군요. 본사의 생각입니까? 것도 아니면."

이어지는 뒷말에 본부장이 숨을 들이켰다.

"당신의 개인적인 생각입니까?"

MBS 예능국에서는 마치 한 발 한 발 떼기가 어려울 정도로 살얼음판을 걷는 분위기가 연출되고 있었다.

　　타 방송사의 손가락질을 견디면서까지 시행했던 기획이 좌초되고 황금양을 회유하려 했던 것마저 불가능해지니 그야말로 초상집 분위기나 다름없었다.

　　"고, 고독재까지 들이밀었는데도 안 된다고?"

　　사장이 두 눈을 부릅뜬 채 본부장을 쏘아보았다. 본부장은 사장의 물음에도 쉽게 대답할 수가 없는 모양인지 그저 고개만 떨어뜨린 채 있었다.

　　사장 또한 작금의 상황이 이해가 되지 않는 것은 매한가지인 듯했다.

　　"고독재 같은 대한민국 영화계의 탑을 달리는 남자배우를 미끼로 썼는데도 못 따냈다고? 지금 그걸 말이라고 해!"

　　"죄, 죄송합니다."

　　본부장의 얼굴에는 더 이상 생기가 감돌지 않았다. 그에 반해 사장은 기차 화통이라도 삶아 먹은 것처럼 눈에 띄는 열기를 내뿜고 있었다.

　　"고독재를 왜 마다하던가, 대한민국 어느 기획사라도 고독재를 눈독 들이지 않는 데가 없는데 말이야."

　　"그게…… 고독재가 롱런할 가능성이 없다고 했습니다."

　　"뭐?!"

고독재는 사장의 조카였다. 하지만 한편으론 충무로에서 제일가는 톱배우이기도 했다.

그런 인물이 자진해서 입사를 희망했는데 롱런할 가능성이 없다는 무자비한 말로 내쳤다는 것이 이해가 되지 않았다.

'설마, 독재가 약을 하는 걸 알고 있나?'

사장은 속으로 뜨끔했다. 조카이기 이전에 콧대 높은 유명 배우인 고독재를 입맛대로 명령할 수 있었던 까닭에는 고독재의 크나큰 치부를 알고 있는 것이 한몫했다. 사장은 그제야 대남이 검찰 특수부 소속이었다는 사실을 상기했다.

사장이 말없이 뜸을 들이자, 본부장이 다급한 표정으로 외쳤다.

"황, 황금양을 어떻게 할까요. 기회만 주신다면 제가 어떻게 해서든 대국민 오디션이 무너질 수 있도록 조치를 하도록 하겠습니다. 어떻게 해서든."

사장은 본부장의 얼굴을 확인하고는 손을 들어 보였다.

"그만."

황금양에 대한 국민들의 관심도는 날이 지날수록 올라가고 있었다. 더군다나 김대남이라는 인물은 이미 대한민국에서 제일가는 사회 지도층들을 끌어내린 전력이 있는 위험인물이었다.

한마디로 황금양을 무너뜨리려다 역풍이 불 수도 있다는 것이다.

"그만둬."

"그, 그래도 황금양에 대한 조치를 하지 않으시겠다는 말씀이십니까? 그래도 일개 기획사가 MBS 본부를 무시한 것이나."

"그만두라고 했어."

괜히 황금양과 더 이상의 대척점을 만들 필요는 없었다. 오히려 훗날을 도모하는 것이 나았다. 그렇게 하기 위해선 이미 불필요한 장해물이 된 인물은 없애는 게 맞았다.

"사직서는 이미 받은 것으로 하지."

"네? 그게 무슨 말씀이십니까……? 사장님."

사장은 기립해 있는 본부장을 향해 나지막이 단언했다.

"그만두라고."

드디어 대국민 오디션의 막이 올랐다. 세간의 뜨거운 관심처럼 수많은 이들이 이른 아침부터 오디션이 이뤄질 KBC 별관 앞에 모여 있었다. 기자들마저도 수많은 인파에 입을 다물지 못할 지경이었다.

"생각보다 첫 회 지원자가 엄청난데요."

기획을 맡은 PD가 별관 앞을 길게 줄지은 사람들의 숫자를 보며 혀를 내둘렀다. 첫 회는 사전에 이력서를 받지 아니하고 현장에서 실시간으로 접수를 하는 통에 얼마나 많은 이가 올지는 미지수였다. 생각보다 많은 숫자에 대남 또한 감탄을 금치 못하고 있었다.

"MBS 측에선 아예 대국민 오디션에 대한 기획 자체를 무산시켰다고 하더군요. 白기획사가 난리 나는 통에 그렇게 됐기는 했지만 사실 맞붙었어도 저희 쪽이 우세하지 않았겠습니까? 김대남 대표님이 계시는데."

PD의 입꼬리는 그 어느 때보다도 말아 올라가 있었다. 물론 '첫술에 배부르랴'라는 속담이 있긴 하지만 이토록 많은 이들이 찾아주니 만족스럽지 않을 수 없었다. 대남은 창밖으로 보이는 수많은 인파의 행렬을 바라보다 말문을 열었다.

"PD님께선 관심이 뭐라고 생각하십니까."

"관심이요?"

"지금 대국민 오디션은 전 국민적인 관심을 받고 있습니다. 기자들 또한 전례 없었던 방송가의 대형 프로젝트에 하루에도 수많은 기사를 써 내려가고 있지요. 하지만 이토록 집중된 관심이 언제까지고 이어질 수 있을까요?"

대남의 물음에 PD는 침음에 잠겼다. 방송가에선 프로그램의 흥망성쇠와 관련해 한 치 앞도 예견할 수 없다는 말이 분분했다. 성공할 줄 알았던 프로그램이 망하는가 하면, 본부에서 관심을 주지 않았던 단발성 프로그램이 흥하는 경우도 종종 있었다. 하지만 성공하는 요소를 살펴보면 단연코 빠질 수 없는 것이 국민들의 관심도였다.

"관성입니다."

"네?"

"관심은 바로 관성입니다. 영화배우가 그러하듯, 기획 프로그램도 마찬가지입니다. 국민들에게 큰 기대를 주지 못하면 얼마 가지 않아 고꾸라지게 마련입니다. 하나, 한 번 관성을 받고 튀어 오른 프로그램이 두 번 세 번 더욱 큰 관성을 받게 된다면 그 효과는 이루 말할 수 없겠지요."

대남이 자리에서 일어나며 PD를 향해 넌지시 말했다.

"대국민 오디션이라는 관성을 더욱 극대화시켜 볼까요."

KBC 별관 앞을 뜬눈으로 지새우고 있던 기자들은 갑작스레 들려온 소식에 수군거리기 바빴다.

"김대남 대표가 직접 기자회견을?"

"프로그램 첫 녹화 전에 간단하게 하는 거라고는 하는데."

"김대남 대표가 직접 나섰다면 빨리 가서 자리 잡아야지."

기자들은 너 나 할 것 없이 서둘러 기자회견이 열릴 별관 강당으로 발걸음을 옮겼다.

기자회견실은 먼저 자리를 차지한 기자들로 발 디딜 틈 없이 비좁았다. 방송 프로그램의 첫 녹화부터 이렇게 장대한 관심이 쏟아졌던 적은 대한민국 역사상 전무하다고 봐도 무방했다.

　이윽고 대남의 등장으로 인해, 시장통같이 시끄럽던 장내가 한순간에 정리되었다. 기자들은 대남의 모습을 카메라에 담기 바빴고, 단상 위에 선 대남이 마이크를 톡톡 건드리며 신호를 주니 그마저도 멈추었다.

　"반갑습니다, 기자 여러분. 황금양의 대표 김대남입니다. 금일 첫 녹화가 시작될 대국민 오디션을 위해 이렇게 많은 기자분이 찾아주셨다는 사실에 저로서는 그저 감개무량할 따름입니다. 하지만 오늘 이 자리는 방송용 프로그램의 촬영이 아닌, 정말로 꿈을 위해 노력하는 이들을 위한 자리라는 것을 알아주셨으면 좋겠습니다. 제가 녹화 시작 전 이렇게 기자분들을 불러 모은 까닭은."

　대남의 입에 모두의 이목이 집중되었다. 기자들은 마치 대남이 말하는 말 한마디라도 놓칠세라 귀를 쫑긋 세운 채 단상 위를 뚫어지라 바라보고 있었다.

　"꿈을 위해 노력하는 이들에게 상금 일억 원은 크다면 클 수 있지만, 어찌 보면 꿈의 크기에 비해 약소하게 느껴질 수도 있겠다는 생각이 듭니다. 그리하여 상금을 변경하겠다는 계획을 이 자리에서 공표하겠습니다."

"어떻게 변경하겠단 말씀이십니까!"

"본 상금의 액수를 세 배 늘리겠습니다."

"……!"

일억 원이라는 돈도 결코 적은 금액이 아니었다. 수도권 외곽지역의 아파트 한 채 값과 맞먹는 금액이다. 한데, 그러한 상금을 세배로 불리겠다니. 웬만한 기획사로서는 할 수도 없는 제안이며 파격적인 상금 인상이었다.

기자회견장을 지키고 있던 방송국 관계자들도 놀라는 것은 마찬가지였다. 그들마저도 대남이 이렇게 갑작스러운 발표를 할 줄은 꿈에도 몰랐다는 표정이다.

장내가 놀라움을 감추지 못하고 있는 와중, 대남의 목소리가 울려 퍼졌다.

"자, 황금양의 장대한 서막이 막을 올렸습니다."

To Be Continued